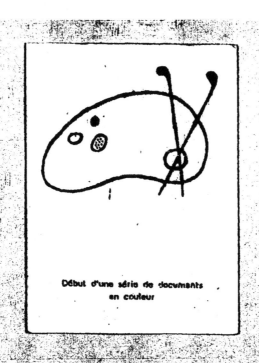

Début d'une série de documents
en couleur

LOUIS PERGAUD

La
Revanche du Corbeau

Nouvelles Histoires de Bêtes

PARIS
MERCVRE DE FRANCE
XXVI, RVE DE CONDÉ, XXVI

MERCVRE DE FRANCE

XXVI, RVE DE CONDÉ — PARIS-VI°

Paraît le 1er et le 16 de chaque mois, et forme dans l'année six volumes

**Littérature, Poésie, Théâtre, Musique, Peinture, Sculpture
Philosophie, Histoire, Sociologie, Sciences, Voyages
Bibliophilie, Sciences occultes
Critique, Littératures étrangères, Revue de la Quinzaine**

La Revue de la Quinzaine s'alimente à l'étranger autant qu'en France. Elle offre un nombre considérable de documents, et constitue une sorte d'encyclopédie au jour le jour » du mouvement universel des idées. Elle se compose des rubriques suivantes :

Épilogues (actualité) : Remy de Gourmont.
Les Poèmes : Pierre Quillard.
Les Romans : Rachilde.
Littérature : Jean de Gourmont.
Littératures antiques : A.-Ferdinand Hérold.
Histoire : Edmond Barthélemy.
Philosophie : Jules de Gaultier.
Psychologie : Gaston Danville.
Le Mouvement scientifique : Georges Bohn.
Psychiatrie et Sciences médicales : Docteur Albert Prieur.
Science sociale : Henri Mazel.
Ethnographie, Folklore : A. Van Gennep.
.... *Voyages* : Charles Merki
.... *jurisprudence* : José Théry.
Questions militaires et maritimes : .... du Nord.
Questions coloniales : Gaël Sizer.
Sciences .... Chroniques :
Les Revues : .... Hirsch.
Les Journaux : .... de Bury.
Les Théâtres : Pierre Quillard.
Musique : Jean Marnold.
Art moderne : Charles Morice.
Art ancien : Tristan Leclère.
Musées et Collections : Auguste Marguillier.

Chronique du Midi : Paul Souchon.
Chronique de Bruxelles : G. Eekhoud.
Lettres allemandes : Henri Albert.
Lettres anglaises : Henry-D. Davray.
Lettres italiennes : Ricciotto Canudo.
Lettres espagnoles : Marcel Robin.
Lettres portugaises : Philéas Lebesgue.
Lettres américaines : Théodore Stanton.
Lettres hispano-américaines : Francisco Contreras.
Lettres brésiliennes : Tristão da Cunha.
Lettres néo-grecques : Démétrius Astériotis.
Lettres roumaines : Marcel Montandon.
Lettres russes : L. Sémenoff.
Lettres polonaises : Michel Mutermilch.
Lettres néo-latines : H. Messet.
Lettres scandinaves : P.-G. La Chesnais, Ernst Falmer.
Lettres hongroises : Félix de Gerando.
Lettres tchèques : William Ritter.
La Femme jugée à l'Étranger : Lucile Dubuis.
Variétés : X.
La Vie anecdotique : Guillaume Apollinaire.
La Curiosité : Jacques Daurelle.
Publications récentes : Mercure.
Échos : Mercure.

Les abonnements partent du premier des mois de janvier, avril, juillet et octobre.

FRANCE			ÉTRANGER		
Un numéro	1.25		Un numéro	1 50	
Un an	25 fr.		Un an	30 fr.	
Six mois	14 »		Six mois	17 »	
Trois mois	8 »		Trois mois	10 »	

Poitiers. — Imprimerie du Mercure de France, BLAIS et ROY, 7, rue Victor-Hugo.

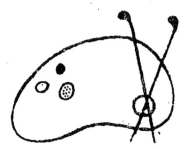

Fin d'une série de documents
en couleur

LA REVANCHE DU CORBEAU

LOUIS PERGAUD

—

La

Revanche du Corbeau

Nouvelles Histoires de Bêtes

PARIS

MERCVRE DE FRANCE

XXVI, RVE DE CONDÉ, XXVI

—

MCMXI

IL A ÉTÉ TIRÉ DE CET OUVRAGE :

Dix-neuf exemplaires sur papier de Hollande,
numérotés de 1 à 19

JUSTIFICATION DU TIRAGE

LA REVANCHE DU CORBEAU

A Lucien Descaves.

I

Une aube émergeait calme de la nuit nuageuse, bercée au roulis lent d'un vent tiède de jeune automne qui séchait doucement la rosée abondante du crépuscule.

La forêt assoupie, dont les rameaux, à peine balancés, bruissaient à chaque onde éolienne comme pour une respiration large et profonde, s'éveillait dans sa robe rouillée dont les teintes mélancoliques s'appariaient aux tourmentes du ciel crépelé de nuages et aux cris aigus, nuancés d'inquiétude, des oiseaux qui s'éveillaient avec elle.

Tiécelin, l'aïeul corbeau, semi-sédentaire, qui, les grands hivers, décidait de l'heure des migrations, et dirigeait les cohortes de son canton dans les randonnées pillardes vers les pays moins froids des glèbes dévêtues, s'ébroua sur son chêne et allongea le cou vers l'orient où le soleil, poussant l'horizon comme une taupinière géante, empourprait les petits nuages inconsistants qui semblaient se dissoudre dans ses rayons.

Il eut un « couâ » sonore aux finales prolongées, telle une diane forestière, et, alentour de lui, dissimulés dans des berceaux de feuilles rabattues en rideaux verts, les compagnons immédiats, comme la vieille garde du vétéran suprême, tendirent le bec et battirent des ailes, en poussant de petits cris mi-nasaux, mi-gutturaux, qui étaient sans doute un habituel exercice d'hygiène de la voix et peut-être aussi un rustique hommage à l'ancien.

Autour d'eux c'était le ramage coutumier des clairs matins. Les grives peureuses sifflaient, invisibles dans les hêtres précocement défeuillés ; une caravane de geais, hôtes passagers de la forêt, se préparait à filer vers le sud-ouest ; rassemblés dans la combe calme ils roucoulaient et piaulaient comme des pigeons amoureux avant de se décider à reprendre, par leur route triennale, leur vol bas en ligne droite.

Un merle réclamait dans un fourré, d'autres lui répondaient et sifflaient en se rapprochant peu à peu, peureusement, attentifs aux bruits étrangers, craignant l'humain.

Bientôt, comme si son poste eût été un centre
de ralliement, la plupart des oiseaux de passage,
grives, merles et geais, des pies curieuses, voire
un rouge-gorge voisin, convergèrent vers le taillis
pour se donner le salut matinal et peut-être échanger en leur langage infiniment nuancé dans les
limites de ses sons, les réflexions particulières, les
impressions les plus délicates et les observations
les plus propres à assurer, à toute cette gent ailée
un peu solidaire malgré son plumage varié, la
conservation réciproque qu'elle se souhaitait ins-
tinctivement.

Mais Tiécelin et sa vieille garde restaient tous
immobiles sur leur chêne, sauf un seul corbeau,
sentinelle devant les autres, qui, perché au faîte
d'un arbre, à quelques coups d'aile du groupe, scru-
tait l'espace et humait le vent, en poussant de
temps à autre, vers les quatre coins du ciel, un cri
sonore de ralliement, puis se retournait vers ses
frères au repos avec des nasillements particuliers
et assourdis.

Bientôt, à son appel, rasant la toiture raboteuse
et déjà vétuste de la forêt, des groupes noirs au
loin apparurent, venant des lisières comme des

frontières de la patrie sylvestre où ils avaient passé
la nuit, perchés sur des chênes touffus, et prêts au
premier bruit alarmant à se replier sur le centre
du bois après avoir dépêché quelques-uns d'entre
eux vers les autres postes vigilants.

Maintenant ils arrivaient tous, le col tendu dans
le prolongement du bec ouvrant l'espace comme
un coin, en une dislocation apparente qui n'était
au fond qu'un ordre de marche soigneusement
réglé où les premiers, à tour de rôle, passaient au
centre, puis à l'arrière, et décrivaient, avant de
se percher, dans le plan vertical de leur direction,
une courbe gracieuse combinée par deux mouvements : un ralentissement progressif de l'essor et
un énergique coup d'aile par lequel ils se rétablis-
saient sur le juc choisi.

Mais, tout autour de l'assemblée, à une distance
variable selon les accidents de terrain qui mas-
quaient l'horizon, une ceinture de sentinelles pro-
tégeaient la réunion.

Elle débuta par un lustrage de plumes et un
épouillement personnel, quelque chose comme une
toilette générale négligée jusqu'alors. Les becs,
ouverts à demi, troussaient les plumes luisantes,

arrachaient comme des fils cassés le duvet mort, écrasaient de petits parasites et s'étiraient en suivant les longues rémiges des ailes comme une main qui promène avec complaisance une brosse singulière le long d'un habit.

Puis le vieux croassa avec des intonations différentes, des prolongements de sons, des suspensions de voix, auxquelles répondirent, dans un même langage, d'autres croassements non moins nuancés et significatifs.

Tiécelin, l'ancêtre, de qui les hivers et les soleils avaient blanchi le fin duvet, dont les pointes seules étaient restées noires comme s'il eût porté sur son épaisse mante blanche une mince pelisse sombre, gardait en son crâne solide, emmanché d'un cou puissant, ligaturé de muscles de fer, l'expérience d'un siècle et la prudence de sa race.

Après avoir, dans son cerveau, fait un rapprochement rapide et un sûr parallèle entre le jour venant et les autres journées du passé s'annonçant sous les mêmes auspices, il donnait à ses frères plus jeunes et moins expérimentés les indications indispensables pour le passer sans encombres. La matinée s'éployait propice et pure, les nuages se dissipaient, la source prochaine, en chantonnant sur les graviers, épousait la pente favorable à ses faciles amours, rien d'hostile n'était à redouter dans les choses.

Il n'y avait qu'à éviter l'homme, l'homme armé particulièrement, et ne s'aventurer dans les recoins obscurs ou suspects qu'après avoir passé au-dessus à une hauteur suffisante pour une exploration précise et pris le vent qui pouvait leur déceler les subtiles odeurs de soufre et de nitre, insaisissables pour des narines moins affinées que les leurs.

A ce moment les flèches du soleil rasèrent le faîte du grand chêne, et, vers l'horizon de midi, un aboiement sonore et bref monta jusqu'à eux dans le calme ambiant.

Instantanément, pour interroger l'espace, tous les becs parallèlement se tendirent dans la même direction perpendiculaire au bruit ; seule l'oreille exercée du vieux sage jugea tout de suite et ne se méprit point. Cet aboi était celui d'un chien de chasse, il y aurait comme la veille des coups de tonnerre par la campagne. L'homme armé, ainsi qu'il le leur avait prédit, rôderait dans leurs parages, il faudrait le craindre et l'éviter.

Et après l'ultime « couâ » désignant le lieu de rassemblement au crépuscule, tous s'envolèrent, les uns plongeant dans l'océan protecteur des frondaisons, les autres s'élevant à des hauteurs inaccessibles au plomb de l'ennemi terrien.

Tiécelin resta sur son chêne, immobile, indifférent en apparence, tandis que, sur la branche immédiatement inférieure, son compagnon de l'année, un tout jeune corbeau au plumage d'un noir ardent ondoyant dans la clarté, le favori préféré pour son bec aigu et robuste, ses jarrets solides, sa queue bien fournie et ses ailes puissantes, attendait comme respectueusement la fin de la méditation de l'aïeul.

Tiécelin cligna des paupières vers le soleil et se secoua de nouveau, puis il coula vers son compagnon un regard énigmatique et, déployant dans un essor robuste ses vieilles ailes, il prit son vol vers le sud, où aboyait le chien, suivi du jeune corbeau dont la voilure moins exercée battait dans son sillage de mouvements plus irréguliers et plus fiévreux.

Bientôt le vol du vieux plongea doucement et à quelques dizaines de coups d'aile de la lisière, il s'établit dans une fourche de chêne, invisible de la plaine, le corps protégé par un rempart de rameaux, assez haut pour juger de la chasse qui se déroulerait bientôt sans doute à la faveur de ce matin.

II

Les jappements, d'abord espacés et solitaires, se rapprochaient, puis se précipitaient, se déchaînaient en longs roulements sonores, chargés de nuances, lourds de menaces peut-être ou d'injures pour le lièvre roux, tapi dans son fourré de ronces et plus protégé par ses multiples pistes, ses doublés et ses crochets que par le bouclier d'épines derrière lequel il avait frayé son gîte de la journée.

A l'appel du premier chien d'autres abois avaient répondu, pressés et joyeux, et maintenant les coups de gueule alternaient dans la prairie, auxquels se mêlaient des voix âpres, sèches et gutturales, encourageant les bêtes et les dirigeant vers les brèches de mur, *rentrées* probables de l'oreillard.

L'œil de Tiécelin, fouillant l'espace au-dessous de lui, suivait avec des avivements d'éclat et des clignotements des paupières les silhouettes humaines, devinées plutôt que vues sur l'écran du ciel pâle contre lequel s'écrasait la forêt. Mais il ne bougeait pas de son poste, assuré de sa sécurité provisoire et de l'inattention des chasseurs uniquement occupés de leur but sur lequel ils concentraient tous leurs efforts et qu'il allait suivre aussi et peut-être leur disputer.

Bientôt les chiens pénétrèrent dans le taillis, aspirant l'air avec force, reniflant bruyamment la rosée, claquant des mâchoires, le fouet battant, cinglant les ronces, insensibles aux piqûres des épines, se frôlant, se bousculant, enfiévrés par la recherche.

De temps à autre, l'un deux, tombant sur un sillage plus frais gardant l'odeur du capucin, poussait un grognement plus vibrant, prolongé presque en plainte qui ne doit pas finir et qui faisait par bonds énormes rappliquer tous les autres dans la bonne piste.

Roussard, le lièvre, écrasé sur ses jarrets, les oreilles rabattues, les yeux tout ronds, frémissait à chaque coup de gueule, mais ne bougeait toujours pas de son gîte. Le jeune corbeau, frissonnant lui aussi, regardait l'aïeul comme pour lui demander s'il n'était point temps de déguerpir. Les chiens tournaient autour du chêne dans lequel ils étaient perchés, et il sentait le sang lui cerner les yeux et ses plumes se hérisser sur son cou en voyant d'espace en espace, dans les éclaircies de ramée, de gros mufles noirs quitter le sol, les oreilles retournées et se lever en l'air dans leur direction pour un aboi frénétique chaud d'espoir et de colère.

Mais le vieil écumeur ne bougeait pas plus que la branche sur laquelle il était juché et regardait à peine ces inoffensifs étrangers, sentant bien que l'heure d'agir n'était pas venue encore.

Les chiens tournèrent, cherchèrent, furetèrent, s'approchant du fourré de ronces en remblai dans le jeune taillis où Roussard se pelotonnait sur ses jarrets crispés.

Un coup de gueule de Miraut, s'étranglant presque dans sa gorge, fit pousser un cri à l'un des chasseurs hors du bois, et presque aussitôt toute la meute, humant le vent, s'élançait sur la trace du lièvre qui déboulait, grimpant à toute vitesse le

talus du coteau pour gagner au pied une avance
qu'il eût perdue à le descendre.

Un déchaînement de coups de gueule précipités,
haletants, une fanfare enragée sonnait à pleine gorge
sous la toiture des frondaisons caressées de soleil,
où tous les briquets et les corniaux se ruaient l'un
près de l'autre, le nez en l'air, aspirant à pleines
narines et semblant mâcher le fret subtil laissé
dans le vent par l'oreillard.

La ruée sonore s'engouffra dans les profondeurs
vertes où roulaient ses échos, diminuant par degrés jusqu'à se perdre avec les rumeurs de la forêt
bruissante dans les lointains mystérieux.

Tiécelin, qui avait tourné le bec à angle droit
avec la direction de la chasse, étala sa longue queue
pour s'assurer du bon fonctionnement de son gou-
vernail, allongea alternativement les ailes, puis,
après un signe mystérieux à son disciple, prit son
vol en se laissant glisser au ras de la voûte forestière et s'en alla dans une direction qui semblait
indiquer un complet désintéressement du drame
qui se déroulait par son domaine.

Il rama l'azur doucement, comme s'il se fût laissé aller à la dérive du soleil, et retraversa presque

toute la forêt nonchalamment, puis, après un temps
assez long, il s'éleva presque tout droit, sondant
l'espace et tendant la tête. Alors il passa très vite
au-dessus du chemin de terre qui, depuis des temps
immémoriaux, servait à l'exploitation des coupes,
un chemin toujours humide, glissant, où de gros
blocs de pierre émergeaient d'endroit en endroit
comme des îlots secs de chaque côté desquels des
ornières profondes s'emplissaient d'une eau im-
muablement trouble, où les chiens se désaltéraient
tout de même avec des claquements de langue
qui l'épaississaient davantage.

Tiécelin se félicita de sa prudence en aperce-
vant de haut, derrière une grande borne qui le
masquait à demi, l'homme guêtré, le fusil à la
main, qui, immobile lui aussi, écoutait et regardait.
Pourtant le vieux corbeau ni son jeune compère
n'avaient en ce moment rien à craindre du chasseur
qui n'eût pas exposé, pour de si piètres morceaux,
le gibier délicat que couraient ses chiens par la
plaine.

Tiécelin ne fit pas semblant d'avoir vu l'homme
et ne poussa pas un cri, scrupuleusement imité dans
son silence par son compagnon, mais ayant dépas-

sé la lisière, il piqua vers la terre, vola à hauteur
d'arbre, contourna pour se faire perdre de vue un
petit massif extérieur à la forêt et, y pénétrant
doucement à mi-branches, il vint se percher presque au bord opposé, face à l'homme et à l'orée du
chemin, mais invisible tout de même derrière son
treillage épais de branches, moucheté de feuilles.

Et là ils attendirent de nouveau.

Bientôt, au loin, comme noyés dans les rumeurs
du matin, sa fine oreille, avant celle du compagnon,
perçut les abois de la meute et son regard aigu
fouilla la perspective rectiligne du chemin de terre
qui, tout là-bas, rejoignait le vieux chemin vicinal
fraîchement empierré.

Il eut un hérissement de plumes en reconnaissant l'oreillard progressant par séries de bonds,
alternés de courts arrêts durant lesquels il s'as-
seyait sur son derrière, et, la tête de côté, inclinait
le long cornet noir et blanc de son oreille dans la
direction du trajet parcouru sans songer à se rendre compte de ce qui se passait devant lui.

L'homme était presque rigide et Lièvre, occupé
des chiens, ne pensait pas à utiliser ses faibles
yeux de myope, ses gros yeux latéraux et bombés

qui ne distinguaient rien en avant, à fouiller le silence dans lequel il se préparait à s'engouffrer.

Tiécelin fixait le chasseur, et ses prunelles malgré lui s'éblouirent, ses paupières battirent et ses pattes se crispèrent plus fort sur la branche quand il vit le profil de bouc de l'humain se courber lentement sur le fusil et s'immobiliser bientôt. Le jeune corbeau affolé regardait son aïeul avec des yeux agrandis et hérissait en frissonnant les plumes de son cou.

Au même instant une détonation formidable résonna, ébranlant les couches d'air qui vinrent violemment secouer comme des portes de souffrance leurs tympans sensibles en même temps qu'une épaisse fumée blanche empoisonnait leurs narines.

Le néophyte ne voulait pas attendre son reste et déjà il éployait les ailes pour la retraite quand l'ancien, d'un petit cri énergique, le retint à ses côtés.

Roussard, blessé, crochant à angle droit, regagnait la plaine à une allure vertigineuse, semblant rouler comme une boule grise, moteur vivant cinglé par la peur et par la souffrance.

Alors Tiécelin, le cou allongé dans une expres-

sion de ruse et de satisfaction, prit son vol sans
hésiter dans la direction suivie par le capucin, à
la barbe du maladroit qui sacrait contre son fusil,
contre sa poudre, contre le lièvre, et le temps et
les buissons et le chemin et les confrères, contre
tout, sauf contre lui-même.

Le rôle de l'homme était fini dans la partie qu'il
jouait sans le savoir avec Tiécelin. Restaient pour
le vieux corbeau les chiens à évincer et l'oreillard
à suivre. Le destin sans doute qui venait de se
montrer favorable se chargerait des premiers, lui et
son camarade s'occuperaient du second.

III

La plaine au loin s'abluait de clarté. La rosée
s'évaporait en petits brouillards traînassant à fleur
de terre, s'accrochant aux haies comme des hardes
abandonnées par les mendiants de la nuit, se dé-
mantelant aux arbres, se déchirant aux buissons
ou se posant, gigantesques papillons évanescents
et diaphanes, aux arêtes sèches des murs d'enclos.

Lièvre courait toujours comme un fou, sans plan,

sans but précis, longeant au hasard des inspira-
tions de l'instinct les longs sillons retournés, les
raies de champs d'éteules, traversant les sombres,
sautant les murs, faisant des doublés le long des
haies, des pointes au bord des sentiers, crochant
dans les murgers, s'arrêtant dans les champs de
trèfle, sentant la fatigue le gagner et ses pattes
s'engourdir sous l'effet cuisant de morsures de
plomb, et la nécessité de mettre entre lui et ses
bruyants ennemis un dédale inextricable de voies.

La pauvre bête ne se doutait pas qu'au-dessus
de sa tête, deux ennemis, non moins acharnés, ne
le perdaient pas de vue.

Bientôt Roussard parvint à un vaste labour dont
les sillons encore humides, collés par la gifle large
du versoir de la charrue, luisaient au soleil et
jetaient des reflets comme un miroir convexe.
C'était là, il le sentait, qu'il devait faire halte avant
que ne le trahissent ses forces épuisées.

Alors il suivit dans toute sa longueur le premier
sillon qu'il remonta en revenant sur ses pas, sauta
plus loin et en suivit de nouveau un deuxième jusqu'au bout. Il fit ensuite une pointe dans le pré
voisin, puis, par grands sauts, retombant les qua-

tre pattes rassemblées, il regagna le centre du
labour où il s'aplatit contre un sillon sec, le nez
au vent, les oreilles rabattues, immobile, soulevant ses poils pour donner à son pelage, par les
jeux de lumière qui se réfractaient au travers, la
teinte exacte de la glèbe.

Et il se laissa aller, les yeux ouverts, à un repos
semi-léthargique et douloureux.

Au loin les chiens avaient enfin rejoint l'orée
du bois et repris la piste indiquée par leur maître; mais au bout d'une centaine de pas, après
une bordée prometteuse de coups de gueule, leur
flair fut mis en défaut. Les nez humaient en
vain la terre humide, les mâchoires claquaient d'en-
thousiasme ou de rage; l'odeur saine et forte et
si excitante qu'ils avaient suivie avec tant d'ardeur
à la faveur de la rosée matinale, s'évanouissait
avec ce coude brusque, comme si ce long sillage
fauve qui les faisait râler de désir avait été cassé
par le coup de feu. Le fret de la nouvelle piste s'at-
ténuait, s'évanouissait ou peut-être se muait en un
autre plus subtil, plus impalpable. Etait-ce une
réelle impuissance qui les clouait là? Peut-être
l'odeur fade de la blessure mortelle répugnait irré-

3

sistiblement à leurs narines délicates ? peut-être
aussi, comme certains chasseurs le prétendaient,
n'était-ce qu'une feinte de la part des vieux chiens,
peu soucieux de conduire leur maître vers une
proie qu'ils étaient sûrs de retrouver lorsque la
chasse serait finie ?

Le chasseur eut beau les exciter, les caresser,
les gronder, les battre même, tout fut inutile, et
au bout de quelque temps il se résigna à souffler
dans sa corne de buffle pour appeler ses compères
et chercher avec eux à lancer un autre lièvre à la
faveur de la rosée propice.

C'était là ce qu'avait prévu le vieux corbeau.
Quand il fut bien rassuré de ce côté, il quitta avec
son jeune compagnon l'arbre dans lequel ils s'é-
taient abrités.

Rusant tous deux comme s'ils eussent voulu,
par leur attitude laborieuse, tromper les humains
qui auraient pu passer dans ces parages, ils volèrent à terre et, tout en faisant mine de gratter le
sol pour y trouver des vermisseaux, ils s'approchè-
rent, en sautant, de l'endroit où Roussard s'était
tapi.

Quand Tiécelin l'eut découvert il n'hésita pas un

instant et lui asséna subitement un grand coup de
bec sur la tête. A demi assommé et étourdi par ce
choc, Lièvre se réveilla de son cauchemar tragique
en proie à une irrésistible terreur et à une horri-
ble souffrance. Il voulut de nouveau jouer des
jambes et fuir, se croyant en butte aux attaques
du chien. Mais le jeune corbeau, écartant les ailes
et le col tendu, se dressa devant lui et lui larda le
nez d'énergiques coups de bec.

Roussard alors reconnut l'ennemi et, croyant
par une attitude martiale en avoir raison, troussa
les babines en montrant les dents.

Mais Tiécelin connaissait la tactique et en avait
vu bien d'autres. Tandis que le jeune vorace, effrayé,
piquait droit en haut un vol de deux ou trois
mètres, lui se contenta de se soulever légèrement
de terre et, sans perdre une minute, se mit à pio-
cher la tête et les reins de son timide adversaire
avec l'ardeur d'un ouvrier qui veut réparer le temps
perdu à muser ailleurs.

L'oreillard, épuisé de fatigue, résistait tout de
même, essayant de mordre, mais il évitait à grand'
peine les coups auxquels il ne pouvait répondre,
car ses grandes incisives de rongeur qui tondaient

si bien les blés frais trésis, n'étaient guère dispo-
sées pour la morsure savante des carnassiers,
que l'ennemi d'ailleurs eût évitée avec soin.

Le combat durait, mi-aérien, mi-terrestre, un
peu indécis, car le sang de l'oreillard était chaud
et vif ; les adversaires se rapprochaient de la
lisière du bois et de plus en plus les blessures de
Lièvre se multipliaient ; celles du matin, tampon-
nées de poil que le sang avait collé, se rouvraient ;
il chancelait, fléchissait sur ses pattes, courbait les
reins aux trois quarts vaincu et les autres, plus
hargneux et plus excités au fur et à mesure que
se dessinait la victoire, se ruaient sur lui sans ménagements, lorsqu'un troisième larron changea la
face du combat.

IV

Pendant que Tiécelin et son jeune compère s'es-
crimaient du rostre et des griffes contre Roussard,
une buse géante, suzeraine incontestée de la tribu
rapace du canton, prélevant régulièrement sur les
champs d'alentour des dîmes journalières et san-

glantes d'alouettes, de moineaux et de bergeron-
nettes, en observation sur une branche sèche, suivait sans broncher leur manège, le cou à peine
incliné, l'œil royal et fier dominant le bec crochu
bordé de jaune, attendant l'instant propice pour
ravir aux deux maraudeurs assassins de la plaine
le fruit de leur crime.

Quand ils furent assez rapprochés de son poste
d'observation, elle éploya en un claquement étouffé
et moelleux ses vastes ailes en même temps que ses
serres dénouaient avec un éraflement les étreintes
qui cerclaient la branche de leurs nœuds jumeaux
et dont les fibres mortes craquèrent sous l'imperceptible effort de son élan pour la volée.

Après avoir franchi, sans un battement visible,
la distance qui la séparait du lieu du combat, sans
une hésitation, sans un planement inutile, elle fondit sur le groupe tragique, et, saisissant par les
reins le lièvre abasourdi, elle l'enleva dans les crochets vigoureux de ses serres, au bec ahuri des
deux assaillants.

Roussard, achevé par ce coup mortel, agita violemment ses pattes en une convulsion frénétique,
puis se laissa aller, flasque, la tête ballante, les

3.

yeux tout bleus dans leur ove d'argent agrandi, les jambes raidies très vite, une légère écume moussant aux incisives contractées, tandis que le relâchement suprême des intestins le vidait pour la dernière fois.

Les deux corbeaux avaient d'abord frémi sous le vent du corps du rapace plongeant sur eux et l'ombre de son envergure gigantesque. Dans un premier mouvement instinctif de conservation, ils avaient reculé vivement, ahuris et affolés. Mais quand Tiécelin eut reconnu l'héréditaire ennemi, le frustrant sans façons de la proie si laborieusement conquise, il sentit passer sur toutes ses plumes et dans tous ses nerfs comme une rafale de colère où la haine séculaire contre le rapace bien armé se mêlait à la rage fantastique provoquée par le vol direct dont ils étaient victimes.

Immédiatement, il s'élança à la poursuite du pillard, suivi de près par son jeune compagnon, non moins outré que lui.

Dans la première furie du sentiment qui l'animait tout entier, il ne songea point à autre chose qu'à tomber sur son voleur de toute son énergie coléreuse, frappant n'importe où, au hasard du vol

et de sa position, cognant d'en haut, d'en bas, de
côté ; mais quelques coups des dures cisailles acé-
rées du rapace, labourant sa peau malgré l'épais-
seur de ses plumes, lui rappelèrent qu'il avait affaire
à forte partie et que, pour réduire un tel ennemi, il
fallait user à la fois de vigueur et de ruse.

C'est pourquoi il chercha toujours à dominer son
adversaire, à lui barrer le chemin des hauteurs,
afin de pouvoir lui décocher en même temps, dans
la position la plus désavantageuse pour la résistance, les coups d'estoc les plus rudes et les mieux
assénés.

Alors par un croassement significatif et précis, il
indiqua à son allié, dont il voulait utiliser au mieux
de leurs intérêts l'énergie exacerbée, la tactique à
suivre. Le rôle de celui-ci était de harceler perpé-
tuellement le busard, et, tout en évitant des blessures dangereuses, de s'accrocher au cadavre de Lièvre et le tirer en bas pour détourner de ce côté l'attention de l'adversaire, tandis que lui, le rude
assommeur au bec solide comme un pic, profiterait
de la diversion provoquée pour asséner d'en haut
les coups les plus vigoureux et les plus inattendus.

Le vieux stratège des luttes aériennes, fort de

l'expérience d'un siècle et de ses muscles de fer,
savait bien que l'autre, empêché par le poids de
l'oreillard, serait bientôt forcé, sous les multiples
coups de leur double attaque convergente et énergique, d'abandonner sa proie, pour pouvoir, à
armes égales, se défendre et se débarrasser de ses
deux assaillants.

Aussi le combat, d'un seul coup, atteignit-il à
son paroxysme. Le jeune corbeau tournait devant
l'oiseau de proie, s'accrochait par instants aux pattes de l'oreillard auxquelles il se cramponnait, tirant en bas de tout son poids, puis lâchant subitement pour provoquer des secousses inattendues
qui déroutaient la buse dont les ailes s'agitaient
affolées, tandis que l'aïeul, battant l'air au-dessus,
lardait le dos de l'ennemi de coups de bec terribles,
attendant l'instant propice pour lui envoyer sur la
tête au bon endroit, bien déterminé, visé d'avance,
le coup d'assommoir décisif qui leur ferait reconquérir la proie perdue.

Mais le rapace n'en n'était pas non plus à sa
première escarmouche. Il comprit parfaitement la
tactique des corbeaux avec qui il avait déjà eu, les
saisons précédentes, pour des motifs analogues,

des démêlés sanglants, et se forgea lui aussi spontanément un plan de bataille simple, joignant
la ruse à la force et qui devait, dans sa pensée,
suffire à lui assurer une honorable et fructueuse
retraite.

Tout en évitant autant que possible les coups
dangereux, sans chercher à les rendre, il concentra
invisiblement son attention sur le jeune corbeau
qui, aussi hardi et moins méfiant que l'aïeul, le
harcelait avec une imprudente activité.

Il resta ainsi passif quelques instants, comme
s'il n'eût été préoccupé que d'une chose, conserver
la proie conquise en lassant l'assaillant.

Encouragé par cette feinte reculade, le jeune
Tiécelin multiplia ses attaques, rasant le corps de
la buse, lui piquant les ailes et les flancs lui aussi
pour précipiter un dénouement et une victoire dont
il ne doutait aucunement.

C'était ce qu'attendait le rapace, et au moment
où l'audacieux venant de lui faire une légère blessure au poitrail tournait pour saisir Lièvre par les
pattes, brusquement, virant sur lui-même en un
battement d'aile, il superposa sa tête à la sienne
et, tout en évitant la pointe acérée du vieux lut-

teur, fendit, dans un choc terrible, le crâne de son
jeune et imprudent ennemi.

La tête du corbeau croula sur son poitrail et ses
ailes éployées se fermant à demi il tomba, tomba,
avec une rapidité croissante, le bec en bas, la queue
écartée, les pattes pendantes, dans le vide immense
qui enveloppait la grande plaine rousse des labours
d'automne fraîchement retournés.

Tout à son but, rivé sur son idée, exécutant son
plan, le vieux pirate n'avait pas prévu le mouvement du busard et il demeura un instant déconte-
nancé devant la riposte sanglante et inattendue de
l'adversaire.

Quand il vit son favori aimé s'abîmer inerte dans
l'espace, blessé dangereusement, mort peut-être,
une rage frénétique le saisit : ses paupières battirent
et se frangèrent de rouge, ses yeux étincelèrent, des
« croas » s'étranglèrent dans sa gorge et ses griffes sèches, tels de puissants ressorts noircis par
les ans, s'ouvrirent et se fermèrent furieusement
commé s'il eût déjà, dans leur étau cruel, tenaillé
jusqu'aux entrailles l'assassin de son jeune frère.

Sans réserve, sans ménagements, sans souci de
sa propre vie, il lui fondit dessus, s'accrochant

aux plumes de son dos qu'il arrachait de gestes
saccadés, cognant éperdument sur l'ennemi, sur
son cou, sur son crâne, sur ses flancs, pinçant, tirant, arrachant, griffant, battant des ailes.

L'attaque fut si brutale et si impétueuse que la
buse, un instant, ploya sur les ailes, abasourdie,
mais cet étourdissement ne dura pas et bientôt,
secouant la tête comme pour se débarrasser d'un
cauchemar intime, sans lâcher sa proie qui pendait
toujours, lui immobilisant les serres, elle tourna
en arrière son cou mobile et darda sur Tiécelin l'a-
cuité fulgurante de son impassible et fier regard.

Le corbeau ne broncha pas sous ce choc qui eût
paralysé tout autre oiseau moins énergique ou
moins résolu, et, sans hésiter, il visa les prunelles
qu'il voulait crever ainsi qu'il avait fait souvent avec
des adversaires plus faibles ou plus timides; mais
l'autre, de mouvements souples et comme en se
jouant, l'évitait adroitement et à ses coups de pic
elle répondit bientôt par des coups de cisailles
qui, sous l'épaisse mante automnale, zébraient de
sillons rouges la peau tannée par les ans et enta-
maient des chairs coriaces dont l'odeur sauvage,
plus fauve que celle du loup, eût fait sans nul doute

reculer d'effroi en hurlant et la queue entre les jambes les jeunes chiens inexpérimentés.

Tiécelin comprit que la situation se gâtait; il sentit son infériorité à continuer la lutte dans des conditions si désavantageuses, d'autant que l'oiseau de proie continuait à s'élever, que les images de la terre se brouillaient et que le corps, le cadavre peut-être du jeune compagnon de chasse disparaissait déjà dans l'éloignement.

L'autre, d'ailleurs, débarrassé d'un de ses deux adversaires, énervé par la lutte, furieux des blessures reçues, multipliait maintenant ses attaques et ses coups, saignant à demi Tiécelin par les entailles multiples qu'il ouvrait dans sa chair et l'étourdissant de son vol tournoyant et rapide.

Une colère sombre au cœur, le vieux corbeau desserra ses griffes et, tout en se laissant aller moitié planant moitié tombant, il vit s'enfuir l'ennemi qui s'enfonça dans le gris du ciel et disparut pendant que lui dégringolait l'espace en croassant gutturalement avec des intonations lugubres qui tombèrent comme des semailles d'horreur sur la plaine et sur la forêt où elles tirèrent les autres corbeaux des préoccupations de l'heure présente et de leur lutte individuelle et forcenée pour l'existence.

V

Des quatre coins de l'horizon des points noirs
surgirent, interrogeant l'espace, convergeant vers
le signal de l'ancêtre qu'ils n'apercevaient pas encore, se rapprochant en volée sinistre, rayant l'a-
zur et de temps à autre croassant de façon particulière comme pour annoncer leur venue, demander un renseignement topographique ou la cause
de ce rappel mystérieux et imprévu.

Décuirassé peu à peu de cette énergie farouche
qui l'avait soutenu et animé pendant la bataille,
rendu peu à peu, malgré la haine et la rage d'a-
voir été volé et vaincu, à l'état naturel, vidé de l'excitation qui lui avait fait, en quelques instants, donner tous ses moyens, affaibli par de multiples blessures, Tiécelin avait dégringolé peu à peu cherchant
l'endroit précis où son compagnon était tombé, le
nez contre terre, les pattes secouées de convulsions
frénétiques.

Il l'aperçut au pied d'un mur d'enclos, au bord

4

d'un parallélogramme d'ombre où tranchait clair
le vernis lustré de son chatoyant plumage caressé
de soleil. Il gisait là, les yeux grands ouverts, l'un
comme fouillant la glèbe où il allait rentrer, l'autre réfléchissant l'azur infini où il avait trouvé la
mort, sans rien voir d'ailleurs ni rien sentir de ce
qui se passait en lui et au delà de lui, allongeant
le cou et ouvrant le bec en suprêmes efforts comme
pour aspirer et déglutir quand même un air qui ne
voulait plus entrer, hérissant ses plumes et éployant,
suprême parade nerveuse de la mort, le large éventail bien fourni de sa queue.

Le sang qui était sorti en gouttes noirâtres des
deux trous nasaux de chaque côté de la mandibule
supérieure avait agglutiné en coulant quelques plumes fines et courtes en dessous qui pendaient de
part et d'autre de son bec comme la moustache
hirsute d'un vieux brave. La blessure du crâne
béait en petite bouche égueulée, dentelée d'esquilles
d'os, par où coulait le sang, un sang noir qui avait
tout autour aplati les plumes en calotte terne. Un
tout petit râle s'échappait encore de la gorge, mais
les bâillements de bec et les allongéments de cou
s'espaçaient de plus en plus.

Le vieux corbeau, croassant toujours, tantôt s'élevait en l'air comme pour signaler aux compagnons en marche l'endroit à rejoindre, tantôt retombait auprès du cadavre qu'il flairait du bec et semblait palper. Une inquiétude terrible le saisissait devant le mystère de la mort qui, devant lui, pour la première fois, se déroulait avec cette sombre netteté, car il n'avait jamais pu assister, même de loin, à l'agonie des camarades tombés dans les embuscades, fauchés en pleine vie par les plombs de l'homme. Maintenant, une crainte instinctive l'étreignait dans toutes les fibres de sa chair aux nerfs exacerbés, et il se démenait comme un fou, sans se rendre compte de rien, appelant les autres, ne sentant même pas, sous les pansements rudimentaires de ses plumes agglutinées, les profondes blessures qu'il avait reçues.

Les compères, un à un, à tire d'aile, arrivaient le bec tendu, interrogeant l'espace, planaient un instant les pattes pendantes et se laissaient tour à tour tomber près du groupe sombre en mêlant, au fur et à mesure de leur venue, leurs croassements de plaintes à la mélodie lugubre de ceux qui étaient déjà là.

Ils se regardaient et criaient. C'étaient presque
des miaulements. La langue de l'universelle douleur avec ses modulations âpres et plaintives, pont
commun où convergent tous les ramages, sortis du
même berceau, nés de besoins parallèles, retrou-
vait, à travers le dédale des habitudes acquises et
de la convention consacrée, sa formule de primi-
tive simplicité dans cette émotion profonde que
tous les ailés comprenaient et écoutaient avec
angoisse du fond de leurs postes terrestres ou du
haut de leurs observatoires aériens.

La terre sous eux semblait vivante, couverte de
leurs vols et de leurs sauts. Les ailes écartées en
marchant, ils faisaient comme une petite mer sombre dont une tempête de colère aurait soulevé des
vagues noires qui se heurtaient avec douleur.

La bande grossissait considérablement, entou-
rant l'aïeul blessé, flairant le cadavre du Benjamin,
croassant plus intensément, tantôt en ondes gé-
missantes, tantôt en rafales de nasillements guttu-
raux qui décelaient des fermentations ardentes de
douleur et de colère en les crânes têtus.

Tous défilèrent devant la victime, sondant son
regard, tournant l'œil sur la plaie, ahuris de ce

trou dans la tête par où la vie avait fui. Puis, pour
un dernier adieu, ils touchèrent du bec le cadavre
avec un cri adouci, comme pour un hommage
funèbre au mérite de l'assassiné ou une plainte à
sa jeunesse.

Ensuite le vieux Tiécelin fut visité soigneusement lui aussi, vérifié sur toutes ses sanglantes
coutures, épluché sous toutes ses faces. Chacun
des membres de la tribu, les anciens surtout, voulait voir les blessures pour en induire les causes
précises et chercher le remède dans la vengeance
contre l'ennemi.

Mais pendant tout ce temps se relayaient à des
postes spontanément choisis avec la sûreté instinctive de l'espèce, les grands mâles adultes à
l'œil perçant, à l'oreille infaillible, qui veillaient à
la sûreté de tous et, par des cris divers, prévenaient
la tribu des accidents d'horizon qui se remarquaient
dans leur champ de surveillance, suffisamment
restreint pour que rien ne leur échappât.

Quand elle se fut suffisamment imprégnée de ce
spectacle de mort qui fortifiait et enracinait dans
les cerveaux et dans les cœurs la haine vivace de
l'assassin et la soif de la vengeance, le vieux cor-

beau lui-même, malgré la douleur physique des
blessures, la honte de l'échec et la pénible étreinte
morale à laquelle il n'échappait point, jugea que
cette station bruyante et trop prolongée pouvait
devenir un danger pour la colonie. Il en manifesta
l'idée par un croassement bref, qui fut un ordre
pour ses compagnons, car la journée n'était pas
finie encore. Chacun, pour accourir au signal d'a-
larme de Tiécelin, avait interrompu ses occupa-
tions personnelles qui, maintenant que le premier
étonnement et la grande crise étaient passés, le
sollicitaient de nouveau sourdement, luttant contre le sentiment vague, informulable et imprécis qui
était peut-être une sorte de respect animal, né de
leur vie sociale particulière et de leur solidarité
incontestée.

D'ailleurs, ne devaient-ils pas tirer de ce beau
jour d'automne toute la provende possible et épais-
sir sous la peau, dans la prévision des longs jeûnes
prochains, la réserve de graisse sur laquelle ils
comptaient pour supporter gaillardement la fa-
mine annuelle qui, les rudes hivers, les chassait de
leur forêt.

L'heure des grandes décisions sonnerait plus

tard, lorsque quelques heures de réflexions sub-
conscientes auraient mûri dans leurs cerveaux les
plans d'attaque et de vengeance à discuter en
assemblée plénière, dans la solitude paisible d'un
flot sombre de taillis touffu gardé par des sentinelles à la consigne sévère.

Alors, après ce dernier défilé devant la victime,
tous, l'un après l'autre ou par petits groupes alliés,
s'élevèrent silencieusement et s'enfoncèrent dans
les horizons approfondis de lumière qui les avaient
filtrés l'heure auparavant.

Deux corbeaux seulement, ainsi que pour une
garde ou une veillée funèbre, restèrent dans les
environs afin d'empêcher sans doute la violation
de la dépouille de leur frère au cas où l'assassin,
attiré sur les lieux de son crime, eût voulu le consommer plus atrocement encore par une mutila-
tion ou un dépeçage de sa victime, peut-être aussi
pour protéger le cadavre contre l'attaque toujours
possible d'un maraudeur ailé ou d'un quadrupède
affamé et dépourvu d'armes offensives. En ce cas,
ils eussent rappelé les frères, qui seraient accourus
au premier signal de danger.

Tout le reste du jour ils tournèrent dans un

cercle restreint autour du défunt, s'en rapprochant
de temps à autre pour épier peut-être un signe de
vie renaissante qu'ils attendirent en vain, mais
nul ne dérangea feu Cadet Tiécelin mort en brave,
abimé par les sillons de la terre, que la nuit allait
à jamais rouler dans son linceul et que nul ne re-
verrait demain.

VI

Quand le soleil à l'Occident commença de baisser, enflammant dans le lointain les vitres des maisons du village, les noirs veilleurs quittèrent définitivement ce lieu sinistre et gagnèrent vite eux
aussi le grand chêne où Tiécelin l'aïeul était venu
reposer sa défaite et ruminer sa vengeance.

Ils trouvèrent le vieux routier des airs posé sur
sa branche morte, l'œil mi-clos, comme abasourdi
de souffrance, les plumes agitées de frissons, les
ongles crispés, calculant quand même et froide-
ment son plan d'attaque et insensible à la faim.

Bientôt, comme un rayon tiède rasait la cîme
de l'arbre, tous rappliquèrent au « coua » poussé

par l'un d'eux, invisible dans un coin de bois, et
dont le cri fut répété de futaie en futaie comme un
commandement fidèlement transmis. Guidés par le
vieux, ils repartirent bientôt vers la petite mare
solitaire où ils avaient décidé de boire ce soir-là.
Sous la garde des petits postes instantanément
remplacés, ils trempèrent le bec dans l'eau glauque
de la marnière où chantaient quelques grenouilles
vertes au goître blanc, nullement effrayées de leur
venue, et reprirent en colonne de route aérienne
la direction de la forêt.

Le grand conseil allait se tenir.

La tribu, injuriée, volée, meurtrie dans l'un des
siens, se devait une vengeance éclatante. Tous
l'avaient compris, tous la désiraient et la voulaient
de toutes leurs fibres et de toute leur volonté, âpre,
étroite, concentrée sur ce seul but. Il fallait trouver le moyen de la réaliser. C'est ce à quoi avait
ruminé l'aïeul, mieux placé que tous les autres et
par son expérience et par le rôle direct joué par
lui en l'occurrence pour juger des forces de l'ennemi et des moyens de l'atteindre.

D'un « coua » énergique, il coupa les malédictions virulentes des noirs compères, s'excitant de

la voix à la vengeance, et croassa le premier, sobre
de gestes, et respectueusement écouté, regardé et
senti par tous les autres, le col tendu de côté, s'imprégnant des intonations, des jeux de bec, des battements d'ailes, des hérissements de plumes, des
avivements d'yeux et des crispations de griffes de
l'ancêtre pour saisir jusqu'au fond toute la pensée
intime de leur vieux chef.

Tiécelin ainsi expliqua ce qu'était l'ennemi, sa
force, et comment il pensait qu'on devait faire et
lutter pour arriver à tout prix à le saigner ou le
chasser.

L'état de siège fut décrété dans la forêt chez le
peuple corbeau. Les postes de sentinelles furent
doublés; il fut enjoint, et chacun se soumit à cette
règle, de ne s'aventurer que par groupes de nitée
à portée de « croa » des groupes alliés, de signaler
le busard chaque fois qu'il serait en vue, de lui
rendre par de perpétuelles escarmouches la vie
impossible en attendant le moment suprême où,
toutes ses habitudes étant connues, une action d'ensemble de tous les corbeaux de la forêt et des cantons voisins appelés pour la circonstance, auxquels
pourraient même s'unir, comme pour les combats

contre les rapaces de nuit, quelques autres oiseaux
courageux; mettrait fin, par une lutte sans merci,
à la rivalité des belligérants.

La consigne fut rigoureusement observée.

Dès l'aube qui suivit, les noires escouades s'espacèrent par le canton, dominées par un double
but également captivant et qu'il fallait, malgré tout,
concilier : se venger et se nourrir.

Il y eut parmi la gent ailée une perturbation
momentanée des mœurs.

L'égoïste tribu des oiseaux noirs, insensible d'habitude et indifférente au sort des autres sédentaires et des migrateurs, qui ne s'occupait jamais que
d'elle-même, semblait avoir pris en patte la cause
de l'indépendance ailée et vouloir empêcher ou châtier les abus de pouvoir et les assassinats des puissants princes des airs.

L'ingéniosité vengeresse des corbeaux se tradui-
sit de diverses façons. Tandis que les plus hardis,
rencontrant le busard, pour se faire la griffe et le
bec, l'attaquaient courageusement sous les plus
minces prétextes ou même sous aucun, d'autres,
moins audacieux ou plus rusés, le guettaient patiemment, attendant l'instant où il allait fondre sur le

petit oiseau qu'il avait fasciné, pour se jeter dans
son champ de crime, déjouer son guet-apens, l'a-
gacer, le poursuivre, le harceler et permettre à sa
proie d'échapper ; d'autres encore venaient carrément se poster près de son gibier, et, tournant de
temps à autre le bec en haut vers le zénith où il
tournoyait, semblaient le narguer ; d'autres enfin,
sans l'attaquer, se contentaient de le suivre en
croassant continuellement, soit pour des injures
qu'ils lui débitaient, soit peut-être pour prévenir
tous ceux qu'il aurait pu chasser, de sa présence,
dans le pays. Souvent, des journées entières ils le
suivaient ainsi, préférant ne pas manger, pour faire
perdre à l'adversaire le bénéfice d'une chasse
savamment préparée. Puis, le soir venu, ils regagnaient la forêt après un dernier croassement mo-
queur, en ayant l'air de se désintéresser de lui ;
mais, de loin, ils le guettaient encore, surveillant
ses allées et venues, épiant ses habitudes pour
raconter ensuite au conseil de l'aube ou du crépuscule le résultat de leur espionnage.

VII

Des jours ainsi avaient passé de petite guerre
sourde ou violente, d'embuscades aux coins des
haies, de poursuite acharnée et de surveillance in-
tensive. Les haines s'étaient accentuées maintenant
et précisées de motifs personnels. La vie du busard
était devenue très rude elle aussi, si pénible que
souvent maintenant, avec l'aurore, il quittait comme
un fugitif la forêt pour aller tourner au-dessus des
villages, enlaçant de grands cercles silencieux et
rapides, et attendant l'instant propice pour surprendre dans une solitude éphémère, sur les fumiers où
elles picoraient et dans les jardins dévastés qu'on
leur ouvrait, les poules gratteuses en quête de graines ou d'insectes.

Mais même là ses ennemis le suivaient et, malgré
le danger et la peur de l'homme, signalaient par
des croassements la présence du rôdeur des airs
dans l'azur zénithal.

Alors, sur les fumiers et sous les arbres des ver-
gers, sans se rendre un compte exact du danger

couru, les coqs bruyants, sentant peser sur eux
l'angoisse d'une emprise redoutable, s'agitaient en
battant des ailes, poussaient des « roc-codè » secs
et aigus et rentraient précipitamment, les poules
autour d'eux, dans les poulaillers et les étables, ou
bien se réfugiaient sous l'auvent au regard des personnes ou des autres défenseurs domestiques.

L'oiseau de proie à la vue perçante, aux forces
plus résistantes que celles des corbeaux, ne rentrait
en son logis qu'avec le crépuscule, après le coucher
des autres oiseaux, profitant souvent de l'engourdissement pépiant du premier repos pour fondre
sur les arbres hospitaliers et emporter, aux cris
d'épouvante des autres, un des hôtes de l'auberge
feuillue pour son repas du soir. Aussi avait-il fallu
à Tiécelin et à ceux de sa race une volonté tenace
et des observations suivies pour découvrir cette
particularité, car souvent, malgré une résistance
énergique, l'instinct de sommeil les endormait, après
les fatigues d'une journée bien remplie, sur leurs
branches tranquilles avec le soleil tombant.

Mais, à dater du jour où ils connurent la chose,
ils prirent immédiatement l'habitude de s'établir
pour leur repos nocturne dans la proximité des

retraites des petits oiseaux qui passaient par leur
forêt.

Ce fut ainsi qu'ils découvrirent l'asile de l'assassin de leur frère.

Le busard habitait une anfractuosité de roc, au
nord de la forêt, la dominant un peu, gardée par
une barrière sombre, un enclos éternellement vert
de grands sapins, où quelques hêtres clairsemés
en bouquets clairs mêlaient leurs rameaux précocement défeuillés aux aiguilles persistantes des
grandes pyramides des conifères.

Dès que l'endroit fut repéré, Tiécelin en orga-
nisa le siège, un siège particulier, un blocus passif, qui consistait seulement à noter les heures de
lever et de coucher de l'oiseau, ses rentrées ordi-
naires pendant le jour, les lieux à occuper, les
points à vérifier et la direction probable dans
laquelle, le moment venu, on pourchasserait l'ennemi pour le tuer ou tout au moins empêcher de
sa part tout retour offensif.

Ces détails furent bientôt réglés, et un matin, à
la suite d'une réunion plénière après le départ du
busard vers l'horizon du village, on décida l'attaque pour l'aube du lendemain.

La journée tout entière fut consacrée aux préparatifs du combat. Dès l'instant de la décision,
les postes de corbeaux se relayèrent aux rivages
du nord de la forêt pour épier minutieusement l'ennemi que, pour mieux tromper, on avait à peu
près laissé tranquille depuis la découverte de sa
demeure.

Pendant ce temps, le gros de la tribu resté libre,
se contentant, telle une armée de Spartiates, d'un
brouet frugal d'insectes forestiers, de glands et de
merises, préparait pour le lendemain ses armes de
bataille. Ainsi que des guerriers qui ne veulent rien
laisser au hasard ils aiguisèrent leur long bec
solide en le repassant soit sur des arêtes de pierre,
soit sur les branches dures et desséchées des chênes ; ils l'essayèrent en cognant sur les fûts des
grands arbres où ils trouvaient par la même occasion des insectes qui s'en échappaient effrayés, et
affûtèrent sur les rameaux plus ténus l'estoc et le
tranchant de leurs griffes qui zébraient d'égrati-
gnures vertes les écorces tendres. Enfin, par un
sentiment de coquetterie guerrière, ils lustrèrent
avec plus de soin leur noir plumage, s'épouillèrent
plus minutieusement, et vérifièrent, en les tirail-

lant une à une, la solidité des grandes plumes de
leur large queue et de leurs ailes arrondies.

On but comme à l'ordinaire au crépuscule, et,
sauf les postes de sentinelles composés de vétérans
solides, endurcis et implacables, le reste de la
nation noire, disséminée en quatre groupes, se
jucha dans les camps aériens choisis pour la circonstance et se reposa en attendant l'attaque.

La nuit descendit lente sur leur fièvre guerrière
et plus d'un, la tête enfoncée dans l'oreiller de
son cou, ouvrit longtemps toutes grandes, sur les
ténèbres mystérieuses, ses prunelles sombres dé-
sertées de sommeil.

VIII

Avant que le fifre du merle de la combe eût proclamé le réveil aux frontières de sa futaie, tous les
corbeaux étaient réveillés et les quatre groupes,
qui n'avaient dormi qu'à moitié, communiquaient
déjà entre eux par des estafettes ailées rasant le
faîte sombre de la forêt de leur flèche plus sombre
encore.

Tiécelin passa en revue ses guerriers, puis se

posta au sommet du grand chêne, attendant, pour
donner le signal du branle-bas, les premières
blancheurs de l'aube à l'Orient.

C'était un jour morne d'automne. Il avait plu
les jours précédents, mais la veille une soleillée
joyeuse et de bon présage, empourprant l'Occident,
avait essuyé les branches et séché comme des langes usés les dernières feuilles caduques.

Malheureusement, pendant la nuit, d'épais
brouillards s'étaient exhalés de la terre. Rien au
levant ne se précisait, tout était gris, un lourd couvercle de brume pesait sur la forêt. Le silence
n'était troublé de-ci de-là que par des grattements
de souris agitant comme une ferraille irréelle les
amoncellements de feuilles jaunes au pied des
arbres, ou par les bruits secs de rameaux morts
cassant subitement et sans raison.

L'aube ne voulait pas venir. Les corbeaux semblaient piétiner sur leurs branches, essuyant leurs
ailes, interrogeant le général qui, maintenant, cherchait l'heure, non plus dans un lever problémati-
que du soleil, mais dans l'apparition plus nette
d'une silhouette de grand arbre à quelque distance de leur cantonnement.

Tiécelin, tout d'un coup, eut un croassement d'appel et quatre oiseaux se détachèrent de la bande pour prévenir les alliés. Puis, étendant ses larges ailes, il ordonna le départ et tous le suivirent silencieux et graves, ainsi qu'il sied dans les circonstances solennelles.

Le ronflement de leur vol émut le taillis et la coupe où des pépiements les saluèrent au passage, tandis que quelques pies au vol plus court, moins énergique et moins soutenu, s'évertuèrent à leur poursuite dans le pressentiment d'un spectacle curieux et étrange.

La noire phalange arriva au lieu qu'elle avait choisi, à une faible distance du roc où logeait le busard, et attendit, cachée dans les branches noires des sapins, l'instant propice.

Les guetteurs la mirent au courant de la situation.

Depuis sa rentrée, au crépuscule, une poule jaune dans les serres, l'oiseau de proie ne s'était plus montré. Les veilleurs avaient bien vu, dans les dernières rougeurs du couchant, quelques plumes claires s'envoler au vent et en avaient déduit que le rapace, sans doute, plumait sa proie avant de la

manger. Mais il ne devait pas être pressé de sortir
de son anfractuosité, car la poule était grosse et
les reliefs de son butin de la veille pouvaient lui
offrir encore un plantureux déjeuner.

Tout était donc au mieux.

Aux autres coins de l'espace, les vols de nouvelles bandes noires s'allongèrent, fluctuant sur le bois
en triangles dont les sommets éloignés se perdaient
dans la brume. Le rassemblement s'opérait sans
retard et normalement. Il n'y avait plus qu'à se battre et tous, de toute leur énergie surexcitée par la
haine et par l'insomnie, attendaient fébrilement
l'instant suprême. Les uns, haussés sur le col,
droits et fiers, hérissaient leur toupet de plumes
crâniennes en panache menaçant, les autres, écrasés sur leurs pattes, le cou tendu en avant, le bec
légèrement penché, les yeux fixes, crispaient leurs
griffes sur les branches bien plus par colère que
par nécessité, car de légers balancements de queue
suffisaient à maintenir leur équilibre. Tous les
becs convergeaient vers le donjon de l'ennemi.

L'énergie s'accumulait, les haines s'avivaient
dans l'attente comme des plaies nues sous un vent
salé. L'heure était imminente.

IX

Alors, au bord de sa fenêtre de pierre on vit s'avancer lourdement sur ses robustes pattes emplumées et tordant le derrière le busard tenant en son bec la carcasse de poule qu'il déposa devant lui avant de scruter l'horizon.

Avec la langueur d'un rentier qui se prélasse et la noblesse d'un héros, la griffe sur la proie conquise, héraldique et fier, il entoura l'horizon d'un regard circulaire pour juger de la chasse présumable et des événements probables du jour au temps qui s'annonçait ; puis il ouvrit le bec en soulevant à plusieurs reprises le court crochet vigoureux de sa mandibule supérieure et bomba orgueilleusement son poitrail comme un athlète qui s'apprête à se mesurer avec le jour. Ensuite il regarda son plumage ébouriffé, rajusta quelques plumes, en arracha d'autres et se prépara enfin à déchirer la proie qu'il avait dans ses serres.

A ce moment Tiécelin poussa un « coua » formidable et, tel un général qui entraîne d'un élan im-

pétueux ses soldats à l'assaut, il se précipita, les
pattes crispées, le bec tendu, sur son ennemi, suivi
de toutes ses troupes convergeant sur le rocher en
un tumulte effrayant de croassements de colère.

Epouvanté de cette rafale noire qui lui roulait
dessus avec cette irrésistible violence, l'oiseau de
proie, dans un mouvement instinctif, recula dans
le fond de l'aire, oubliant dans son trouble le quartier de poule qu'il avait eu soin de conserver pour
son déjeuner.

Tiécelin, en ce moment, encadré de ses plus
anciens et solides vétérans, arrivait à sa fenêtre,
frémissant de rage.

Il vit là le morceau de viande qu'il aurait pu
aisément voler à son rival de jadis, mais chez lui
et ses compagnons tous les besoins à cette heure
étaient suspendus pour la vengeance et le débris
de poule ne tenta personne. D'un geste bref de patte
comme de mépris, Tiécelin l'envoya rouler au bas
du rocher en même temps qu'il s'arrêtait une se-
conde, les ailes étendues, sur le rebord du repaire
de son ennemi. Mais, prudent, il ne perdit point son
temps à une dangereuse exploration du couloir de
roc où le rapace s'était enfoncé, et toute la horde,

pour un siège actif cette fois, commença à tournoyer, avec d'effrayants croassements nasaux,
autour du refuge de la buse.

L'oiseau de proie ne resta pas longtemps sous
le coup de l'effroi irrésistible et spontané qui l'avait
saisi devant cette invasion soudaine et imprévue ;
peut-être avait-il oublié, après tant d'autres, l'aventure sanglante qui s'était dénouée par le vol du
lièvre et la mort du jeune corbeau. Pourtant il
comprit tout de suite que cette croisade générale
de ses ennemis n'était pas une lutte ordinaire pour
une pâture disputée, mais un duel à mort et sans
merci, longuement préparé par les autres, dans
lequel il n'aurait à compter que sur lui-même et
ses armes tranchantes, tandis que ses adversaires
réunis sentaient distinctement leur force et leur
avantage.

Fier et courageux, il sortit de son obscur corridor et s'approcha du bord, le bec entr'ouvert, l'œil
menaçant, la serre tendue.

Tiécelin n'hésita pas, et entouré de sa phalange
guerrière lui fonça dessus. Alors, pour éviter les
coups, la buse, d'un vaste essor, abandonna son
aire et prit son vol au milieu des cercles tour-

noyants d'oiseaux noirs qui l'entouraient de toutes
parts.

Le combat fut rude. Les guerriers corbeaux,
forts de leur nombre, attaquaient de tous côtés, les
uns plongeant de haut, les autres pointant d'en
bas, les plus habiles cherchant sous la direction de
Tiécelin à maintenir la lutte près de la terre, et à
couper au rapace sa route de retraite au zénith où
il s'efforçait d'atteindre pour semer en chemin ses
ennemis pris de vertige ou de fatigue.

Tour à tour un toit vivant de voilures noires se
reformait sur sa tête pour s'écrouler aussitôt en
coups de pics furieux; une muraille menaçante de
becs lui barrait le chemin en avant, un plancher
de pointes le menaçait par en bas. La horde, bon
gré mal gré, le dirigeait vers le nord, croassant du
nez, râclant du gosier, tirant, arrachant, pinçant
les plumes, lardant la chair.

Le rapace ne perdait pas non plus son sang-
froid, visant lui aussi avec soin, déchirant des
ailes, éraillant des poitrails et toujours à travers
les passagères crevasses des toitures, il s'essorait
avec une infinie persévérance, espérant petit à petit
gagner les zones vertigineuses où les corbeaux

éblouis, perdant de vue la terre, sentant une sorte
de vertige les envahir progressivement, abandon-
neraient enfin leur poursuite enragée.

Le jour restait obstinément sombre. Toute la
horde s'était enfoncée dans la brume épaisse du
ciel d'automne, et de la terre, d'où les pies trop
faibles n'avaient pu les suivre, on n'entendait que
des rafales de croassements qui roulaient sans discontinuer.

La lutte se poursuivait avec un égal acharnement des deux côtés : l'oiseau de proie montait
toujours et il y avait déjà longtemps que durait la
poursuite, quand, tout à coup, gravissant comme
un plan incliné de lumière, à travers la brume
moins dense au fur et à mesure qu'ils s'élevaient,
les combattants virent l'atmosphère au-dessus
d'eux se dorer d'un soleil blanc dont les rayons,
comme des vrilles taraudant le brouillard, arrivaient apâlis jusqu'à eux. Bientôt ils dépassèrent
cette zone de lumière diffuse, confins de la ouate
d'humidité dorlotant la terre, et ils étalèrent sous
le soleil la sombre ordonnance de leurs formations
de combat.

Tiécelin dirigeait toujours la bataille, il voulait

absolument saigner l'ennemi et venger ainsi d'éclatante façon son injure personnelle et l'insulte faite
à la race en l'assassinat d'un de ses membres. Aussi,
dès qu'un assaut était donné, reformait-il, sans y
participer encore, de nouvelles colonnes d'attaque
qui replongeaient sur la buse en cascades consécu-
tives et jamais interrompues. Les encouragements
étaient inutiles. Plus exaltés que jamais, bûcherons
de la vengeance, les vieux corbeaux cognaient sans
relâche, avec une énergie d'autant plus sombre
que les ripostes de l'ennemi qui les avaient atteints
au début de l'action se faisaient maintenant plus
rares.

L'oiseau de proie, visiblement, se fatiguait : ses
plumes pendaient en maints endroits comme des
vêtements déchirés, tout son corps était troué de
coups de pointes, son sang, en plusieurs points,
coulait et il ne songeait plus, dans le grand désar-
roi moral où ses forces perdues le jetaient, qu'à
protéger ses yeux et garer sa tête pour éviter le
fatal coup de massue qui, en l'étourdissant, le livre-
rait sans défense à l'exécution féroce des ennemis.

Tiécelin vit que le moment d'intervenir était venu. Il allait enfin consommer l'œuvre de vengeance.

et alors, comme jadis, au moment de l'assassinat
de son frère, il se jeta sur le dos du rapace et se
mit à lui labourer le corps de ses griffes et de son
bec.

Le busard était perdu.

Mais, à cet instant suprême, tel un abîme qui
s'ouvre soudain sous les pas d'une armée, le
soleil, mystérieux allié du grand oiseau, d'un seul
coup déchira le voile de brume qui masquait la
terre, et les prunelles des corbeaux, non habituées
par une lente et progressive ascension, papillotè-
rent de vertige devant ce vide immense dans lequel
au loin, par delà des tampons de nuages, pou-
droyait le sol et se noyait la forêt natale.

Il y eut dans les colonnes d'attaque comme un
affaissement subit et tous, inconsciemment, battant des ailes et fermant les yeux, dégringolèrent
de quelques coups d'ailes, saouls d'espace, éperdus
de vertige, tandis que le busard, cinglé d'un coup
de fouet d'espoir, profitait de cette hésitation pour
filer droit en haut de toute la vitesse de ses ailes
désespérées.

A ce subit coup de théâtre, Tiécelin comme les
autres fut saisi d'un irrésistible effroi en voyant

l'abîme béer sous ses ailes et, tout interdit, dans
l'étonnement consécutif à cette frayeur jamais
éprouvée, il avait lui aussi lâché son adversaire. En
relevant la tête et le voyant s'enfuir, déplumé et
saignant, il eut un croassement de rage et voulut
de nouveau reprendre sa poursuite.

Mais l'antique instinct, violé à la faveur de la con-
juration de leur haine et du brouillard d'automne,
reprenait, tyrannique, son droit. Les corbeaux,
hors des bornes de leur vol qu'un jour clair ne leur
eût pas laissé franchir, perdaient toute conscience,
et déjà en dessous de lui, chavirant à demi, claquant des ailes, s'appelant en « croas » affolés, les
autres dégringolaient, les yeux fous, en proie à un
étourdissement bizarre et absolument nouveau.

X

Quand, dans sa chute, Tiécelin eut regagné les
frontières naturelles de son essor aérien, à une
distance raisonnable de la terre, sous l'emprise
de l'idée fixe de la vengeance, il releva de nouveau la tête pour chercher, dans l'espace inviola-

ble qui l'avait refoulé, le chemin de retraite du busard. Mais l'azur calme, lavé par les pluies des jours précédents, ne présentait, en dehors des agglomérats blanchâtres de vapeur, pas une tache qui pût le remettre sur la piste du fuyard, tandis qu'en dessous, près du sol, toute l'armée en déroute de ses compagnons se débandait peu à peu, fourbue qu'elle était de cette randonnée vertigineuse, encore tout ahurie du sentiment de frayeur éprouvé dans l'espace, et lasse intensément du violent effort dépensé dans la lutte contre la buse et contre la chute.

Vaincu lui aussi, il les rejoignit ; sur le sol, près de cette terre qu'ils avaient crue perdue, ils se retrouvèrent et, comme après une longue absence, se reconnurent. Alors seulement leur revint le souvenir de ce qui s'était passé et réciproquement ils se vérifièrent. Aucun d'eux n'était sérieusement blessé, la plupart en étaient quittes pour quelques plumes perdues et de longues estafilades se décelant sur la peau par un léger agglutinement de duvet, mais on n'avait pas tué l'insulteur. L'œuvre n'était pas achevée. La buse reviendrait dans leur domaine et son passage au firmament serait

5.

une perpétuelle injure à leur race en même temps qu'une éternelle menace pour la sécurité de leurs expéditions.

Tiécelin ni les autres ne pouvaient s'y résigner. Il fallait, et ceci fut résolu séance tenante, maintenant qu'elle était expulsée du domaine, lui fermer sans retour le chemin du rocher. Aussi, après quelques instants de repos, Tiécelin donna-t-il le signal de regagner au loin, vers le sud où flambait le soleil, leur forêt domaniale pour s'y fortifier et empêcher, par une garde sévère, tout retour soit offensif, soit fortuit.

Alors, à dater de cette heure, toute la nation, stoïquement se réduisant à la portion congrue, insensible aux invites des festoyées de la plaine riche en provende variée, huit jours durant ne quitta pas la forêt qu'elle sillonnait en tous sens de ses patrouilles et fouillait d'heure en heure, tandis que des vigies, au faîte des plus hautes futaies, inspectaient sans relâche les quatre coins du ciel.

Rien n'apparut. La confiance en la victoire conquise naquit et se consolida dans la tribu. La surveillance commença à se relâcher durant le jour où, quelques-uns seulement d'entre eux, volontai-

res de la cause commune, restaient seuls dans la
forêt, dont ils connaissaient plus intimement toutes
les ressources qu'ils exploitaient méthodiquement
tandis que les autres battaient la plaine et les haies
d'alentour.

Mais un crépuscule, au moment où toute la tribu
réunie se perchait en rond pour le conseil du soir,
on entendit vers le nord le « couâ » d'alarme d'une
sentinelle. L'effet fut fantastique.

Tous aussitôt, toutes ailes tendues, se ruèrent
vers le point signalé, fous de colère et de rage. Aux
rayons obliques du soleil tombant, face à face, en
l'air, ils virent de loin leur compagnon aux prises
avec le rapace.

Un tonnerre de croassements ébranla la voûte
croulante des frondaisons, et l'oiseau de proie entendant ce signal menaçant abandonna précipitamment la lutte, s'enfonçant à larges coups d'ailes dans
l'azur noirci du nord d'où il était revenu.

Toute la bande s'engouffra derrière lui dans l'espace et monta, monta jusqu'à ce que, la nuit leur
ayant à tout jamais fait perdre le sillage du fuyard
solitaire, ils regagnèrent enfin dans la forêt leurs
chênes hospitaliers.

Alors l'état de siège fut proclamé de nouveau et dura longtemps, longtemps.

Les jours passèrent avec leurs alternances de soleil et de pluie, leurs troupeaux moutonnant de brouillards, leurs sombres couvertures de nuages qu'éventraient de rares et froides soleillées. Les gelées coupèrent les dernières feuilles, les fruits pourrirent, la forêt se dénuda.

Indomptable, la petite république noire, docile à la dictature du vieux chef, gardait l'espace conquis, se relâchant à peine de la perpétuelle surveillance à laquelle elle s'était astreinte.

Bientôt tomba la neige, le froid devint cuisant, la pâture introuvable. L'heure du départ annuel était depuis longtemps passée. Entêtés, Tiécelin et sa gent résistaient tout de même et sur les arbres grêles, malgré tout, montaient le ventre vide d'interminables factions.

Cela dura des jours et des jours. Les corbeaux affamés étaient devenus presque squelettiques; des jeunes moins résistants crevèrent de faim sur leurs branches. Les autres oiseaux sédentaires les craignaient et les fuyaient; des défaillances comme des trahisons se manifestaient chez quelques égoïstes qui, domptés par la faim, venaient tournoyer autour des villages.

On n'avait pas revu l'oiseau de proie.

Alors, troublé tout de même lui aussi, dévoré de colère, Tiécelin, le vieux cynique à la carcasse momifiée, au regard halluciné sous les plumes fournies de ses cils noirs, un matin de froid sombre et de bise cinglante, réunit toutes ses cohortes et, donnant enfin le signal du départ, les emmena vers le soleil.

L'EXÉCUTION DU TRAITRE

A Octave Mirbeau.

I

Ce soir-là, comme le disque d'or de la pleine lune qui se levait à l'orient faisait au loin hurler longuement les chiens attachés au seuil de leurs niches, Grimpemal, le putois, croisa Dame Manteauroux, la belette, sortant de son murger de pierres sèches, à l'une des entrées secrètes de son labyrinthe étroit, inaccessible aux étrangers.

Grimpemal avait sa gueule des mauvais jours. Le bai brun de son dos, dans le hérissement des poils de sa robe, paraissait aussi noir que son ventre, ses yeux rougis flambaient sous l'arcade des cils et sa gueule ouverte montrait, derrière le brandissement des moustaches, l'ivoire éclatant des petites canines pointues.

Dame Manteauroux se mit en garde, les querelles de famille étant fréquentes dans la tribu.

Arrondissant félinement sa longue échine, dres-

sant la tête, montrant son corsage et son blanc
tablier, elle découvrit aussi, sous un troussement
de babines, deux rangées solides de dents prêtes
à une rude défensive.

Mais Grimpemal secoua la tête et ferma la gueule
pour indiquer à sa cousine que ce n'était pas à elle
qu'il en avait ce soir-là, et Dame Manteauroux,
confiante, s'en vint souple et légère, et se coulant
comme un serpent, demander au cousin putois la
cause extraordinaire de cette excitation coléreuse.

Grimpemal fit signe à cousine Manteauroux de
le suivre et tous deux, ondulant par la plaine verte,
les demi-cintres de leurs arrière-trains avançant
parallèlement, les têtes à plat dans l'herbe, tout
contre le sol, ils faisaient songer à quelque silencieux char de petite fée descendue à terre, dont
les roues par moments auraient lui sous le clair
de lune.

Arrivés au premier talus, c'est-à-dire à la Montagne des Longues-Oreilles, qui était le terrain
de chasse habituel de Grimpemal, ils virent les
tribus de lapins sortis de leurs terriers, cabriolant
par les trèfles et les luzernes, et dame Manteauroux, séduite par l'appât d'une chasse fructueuse,

allait sans façons fausser compagnie à son compère
pour conquérir un bon souper quand l'autre, d'un
petit cri presque imperceptible, lui fit comprendre
que l'affaire était grave qui les avait rejoints, et
qu'avant toute chasse il fallait que fût élucidée
cette mystérieuse question.

Le long des buissons, parmi les cailloux, les
jaunes genêts, les bruyères roses, ils allaient côte
à côte, rasant le sol, et arrivèrent enfin à une
entrée de terrier, solitaire et silencieuse que Grimpemal flaira d'abord, puis fit renifler à sa cousine.

Dès qu'elle eut approché du trou son petit nez
fin et délicat, Dame Manteauroux fit voltiger sa
queue en même temps que, sous la poussée ardente
de colère qui l'envahissait, ses narines frémissantes se dilataient et que ses dents serrées s'implan-
taient, en les faisant presque saigner, dans les cavi-
tés des gencives empourprées de sang.

La belette avait saisi la cause de la colère de
Grimpemal. Et tous les deux, face à face, comme
deux ennemis rivalisant de fureur, se regardaient,
les dents saillantes, les cils hérissés, les moustaches
brandies, les griffes dardées, les yeux frangés de
sang.

Ils s'étaient compris. Une même fauve colère les dressait contre le traître, contre Jaunissard, le furet aux yeux louches, repu, râblé, qui, non content d'être devenu l'esclave de l'humain et d'avoir abandonné le clan des noctambules buveurs de sang, venait durant le jour, avec le grand complice à deux pattes et l'aboyant à long poil, fouiller leur terrain de chasse et voler leur gibier.

Il y avait longtemps que le clan sombre avait entendu parler de lui, le transfuge à robe jaune qui avait presque oublié, au contact des hommes, le goût du sang, et perdu la forte et saine odeur de la tribu.

Ah! il osait revenir par la Montagne des Longues-Oreilles, il y était revenu! Il reviendrait encore voler ses frères libres et sauvages! Un tel défi à la race ne passerait pas! On le saignerait!

II

Dame Manteauroux courut prévenir, dans le hamac poussiéreux de son arbre creux, Fuseline, la petite fouine, et Mustelle, la marte, dans sa boule, sur le pin du froid, au centre de l'île verte de la forêt.

Le traître était revenu! Grimpemal l'avait senti dans la journée! Il fallait surveiller sans relâche, à toute heure du jour, la Montagne des Longues-Oreilles où il s'aventurerait bientôt sous la protection redoutable des Grands Ennemis qui logent au loin dans ces carrières blanches d'où s'échappent les chemins, et où logent avec eux les Grosses Emplumées, les poules que Fuseline connaissait si bien.

La petite fouine, prompte à la décision, ardente à la haine, du haut de son poirier moussu face à la Montagne des Longues-Oreilles, se chargea de faire sentinelle, jura de ne dormir que d'un œil, d'avoir toujours l'oreille tendue et de signaler, par le cri d'alarme du clan, à Grimpemal et à Dame Manteauroux, la présence dans leurs parages des maraudeurs ennemis. Mustelle aussi, de son donjon solitaire, accourrait à son signal, et tous, mettant au service de la cause commune les forces vives de leurs énergies vengeresses, combattraient ensemble contre le traître et ses protecteurs.

Grimpemal et Dame Manteauroux, chargés plus

spécialement de la poursuite terrestre et de la bataille souterraine, le guetteraient aussi, l'un de son
buisson, l'autre de son murger. Ah ! il pouvait
revenir maintenant : ce ne serait pas le bâton tonnant du Deux Pattes, ni les coups de gueule du
braillard renifleur qui les empêcheraient de le suivre dans les labyrinthes secrets de la montagne et
de lui livrer une bataille sans quartier ni merci.

La surveillance fut établie.

Dès le soleil qui suivit, l'homme vint seul à la
montagne, et Fuseline la vigilante jeta dans l'air le
garde-à-vous convenu. Alors Grimpemal et Dame
Manteauroux, se coulant sous les arceaux épineux
des buissons et des haies, prudemment le suivirent
et l'aperçurent qui garnissait l'entrée des souterrains de filets minces aux mailles étroites, attachés
à des pieux ou à des souches, qui restaient là,
fixes, sans bouger, à l'endroit où il les tendait,
murailles insidieuses aux inquiétantes transpa-
rences ; mais Miraut ne le suivait pas et Jaunissard
non plus n'était pas avec lui, et les deux conspi-
rateurs silencieux restèrent cachés, sentant intensément la mystérieuse voix de l'instinct qui, leur
fouettant le sang au cœur, leur disait ainsi sûre-

ment que c'était là qu'il faudrait revenir au prochain signal de Fuseline.

Alors ils se séparèrent, et, vers le soir, à la nuit tombée, avant le lever de la lune, ils se réunirent tous quatre dans le talus voisin du château bran lant de la fouine.

La fièvre des veilles de batailles les animait, le besoin de vengeance les brûlait tous et faisait flamboyer les rubis de leurs prunelles ; c'était le moment de veiller, ils le sentaient intensément ; les préparatifs de l'homme annonçaient une visite prochaine et ils se promirent mutuellement de faire, l'aurore venue, meilleure garde que jamais. Puis, après s'être souhaité bonne chasse, chacun partit de son côté. Grimpemal rejoignit la Montagne des Longues-Oreilles avec Dame Manteauroux, tandis que Fuseline et Mustelle regagnaient leurs cantons de bois, leurs arbres touffus pour saigner, durant leur sommeil, les jeunes familles de grives, de merles et de geais, ou encore tenter d'assassiner quelque écureuil endormi dans son pavillon d'été dont elles fractureraient audacieusement l'huis frêle de branchage et de mousse.

III

Au petit jour, repue, ivre de sang, Fuseline était dans sa caverne de bois et sommeillait à demi, un peu alourdie, quand le son d'un grelot la tira vivement de sa somnolence. Au loin, sur le coteau, les silhouettes de l'homme et du chien, l'un suivant l'autre, se profilaient, et le bâton tonnant aussi dé-passait l'épaule, et de côté se balançait également, aux doigts de l'ennemi, le panier fermé qui devait contenir Jaunissard le traître.

Son signal eût tôt fait de secouer Grimpemal et Dame Manteauroux assoupis, les oreilles aux écou-tes aux seuils de leurs loges de pierres et de bran-chages. Immédiatement la belette rejoignit le putois et tous deux refirent le chemin de la veille pour guetter les abords des couloirs que l'homme avait visités le jour précédent.

Il y était déjà, le Deux-Pattes au bâton terrible et le Braillard humant aussi, qui reniflait bruyam-ment aux portes des corridors de glaise pour éter-nuer ensuite en faisant pleuvoir de son nez de

grosses gouttes comme quand les arbres tiraillés
de vent se secouent et laissent choir les perles de
leurs feuilles ainsi qu'une vermine froide ; mais ce
n'était pas à lui qu'on en voulait, ni au Deux-
Pattes non plus, eux les très puissants, les Redoutables.

Le chasseur avait posé son arme et tenait maintenant le grand panier à claire-voie où était la
petite bête jaune aux yeux obliques, le furet Jaunissard, né dans les maisons comme le chien son
allié et s'accommodant aisément de cette tranquille
et grasse servitude qui répugnait jusqu'à l'horreur
à ses sauvages congénères.

Immobiles, Dame Manteauroux et Grimpemal
dardaient sur le groupe ennemi leurs yeux de
braise. Leurs pattes frémissantes s'arquaient, les
muscles du cou se bandaient, les échines souples se
cintraient en courbes menaçantes toutes prêtes à
se détendre en bonds impétueux sur le traître protégé par la présence des deux grands voleurs in-
vulnérables à leurs coups.

Le Deux-Pattes laissa là dans son panier Jaunissard, et, suivi de Miraut, partit un peu plus loin,
un filet à la main. Les deux complices, de leur abri,

6.

le virent se baisser et opérer ainsi qu'il avait fait
la veille à l'entrée des tunnels giboyeux ; l'instant
était propice : Jaunissard, dans l'impossibilité de
fuir, prisonnier des barreaux d'osier, semblait à
leur merci.

Deux bonds et leurs dents briseraient ces
remparts de bois, et ils l'étrangleraient. Les dents
saillirent plus aiguës sous le bourrelet des babines,
la courbe des échines se précisa plus violente et
plus franche quand les pas des deux domestiques,
l'un trottant devant l'autre, revinrent au panier de
Jaunissard.

Se rasant de nouveau dans les herbes sèches du
buisson qui les abritait, Grimpemal et Dame Manteauroux frissonnèrent d'émotion et de colère, à
l'idée d'avoir pu, par une hâtive imprudence, manquer un coup si minutieusement ourdi et si impatiemment espéré.

Immobiles, comprimant leur colère et contenant
leur désir, ils observèrent de nouveau, et l'instant
ne se fit point attendre.

Décrochant on ne sait quel mystérieux méca-
nisme, l'homme ouvrit le panier et saisit dans ses
main le furet qu'il caressa du bout des doigts et

déposa doucement à l'une des rares entrées encore
libres du village souterrain des Longues-Oreilles,
les autres ayant été, par lui, la veille et l'instant
d'avant, soit bouchées de captieux filets aux mailles
étroites soit murées d'infranchissables fagotins
d'épines.

Jaunissard huma l'air un instant, comme vaguement inquiet d'une odeur farouche ou d'une emprise magnétique puissante, puis, tout de même,
sous l'excitation des compères, flaira l'entrée du
souterrain, et, se remémorant les chasses d'antan,
excité par le goût de la chair et le fumet du sang,
s'enfonça résolument dans la nuit de la montagne.

IV

Après avoir pris leurs ébats parmi les trèfles et
les luzernes, les Longues-Oreilles s'étaient terrés
avec l'aurore, et, dans leurs sombres corridors,
dans les carrefours de terre, sous les voûtes fraîches,
par groupes amis, ils dormaient calmement, bou-
lés, oreilles rabattues, pattes rattroupées, insensibles aux bruits sourds venant du dehors et qui

leur arrivaient atténués, tamisés, filtrés pour ainsi
dire par la voûte de terre, ou en menace vague,
lointaine, dont la violence se serait émiettée à tous
les coudes et circuits de leur demeure aux multiples issues.

Le souterrain était calme, enveloppé d'une atmosphère de quiétude, imbibé de l'odeur saine de la
terre sèche, qu'un relent de crotte modifiait à peine
par moments selon l'air venté par un déplacement
nécessaire ; et les petits crissements des pattes feu-
trées de poil, tapotant le sol, ne troublaient nullement de leur pianotement régulier la tranquillité
générale, quand un cri suraigu de surprise et d'effroi, un cri d'alarme violemment jeté, se répercuta
par tous les couloirs et fit sursauter les dormeurs.

En même temps, l'odeur violente et puante du
petit carnassier féroce, précédant sa course nocturne, avertissait tous les lapins de la présence du
buveur de sang.

Les cris aigus jaillissaient de partout, bondis-
saient de couloir en couloir, roulaient parmi les
corridors avec un piétinement de pas, un martèle-
ment du sol, un froufroutement d'air déplacé qui
emplissait la montagne d'une rumeur violente,

touffue, grandissante, comme si son ventre hospi-
talier, secoué d'une colique terrible, l'eût fait frémir
et bourdonner tout entière sous son rude épiderme
de glaise hérissé d'herbes et de buissons.

Jaunissard, le corps rasé, les pattes en dehors,
les babines frémissantes, l'œil rouge, courait par
le labyrinthe des Longues-Oreilles, et, devant ses
pas de conquérant sanguinaire, toute la tribu en
déroute des lapins se ruait vers la lumière par les
issues innombrables que tous connaissaient et qui
débouchaient un peu partout aux flancs chevelus
de ronces de leur ancestral domaine.

V

Au dehors, le Deux-Pattes et le Braillard hurlant
avaient quitté de compagnie l'entrée du trou de
Jaunissard pour aller plus loin recevoir dans les
filets où elles se jetteraient, aux sorties libres où ils
les tueraient, les malheureuses petites bêtes affolées,
traquées dans leur refuge et cernées entre deux
dangers terribles.

Dès qu'illes vit s'éloigner, Grimpemal, après avoir

une fois encore convenu avec sa cousine des diffé-
rents signaux d'appel et de méfiance, s'enfonça lui
aussi, résolûment, dans le souterrain sur les pas du
traître.

Tapie dans un retrait, invisible derrière des cailloux et sous des branchages, Dame Manteauroux,
crispée dans son immobilité fiévreuse de sentinelle
aux consignes redoutables, sentait tout son sang
lui brûler la peau et de grands frissons lui rider
les chairs et labourer sa fourrure.

Où en était Grimpemal? Approchait-il de Jaunis-.
sard? Qu'est-ce qui se passait dans la cité des Longues-Oreilles? Mais Mustelle et Fuseline allaient
arriver. Elle les placerait aux postes convenus,
derrière des retranchements de buissons et des
remparts de cailloux d'où elles pourraient, elles
aussi, sans danger, surveiller les principales issues
de la Montagne et prévenir au besoin Grimpemal.

Un petit cri, le signal de ralliement du clan,
retentit bientôt dans la direction du soleil levant.
Dame Manteauroux reconnut la voix de Fuseline
arrivant avec cousine Mustelle, et, à sa réponse,
elle les vit descendre du pommier sauvage de la
haie frontière où elles étaient montées pour jeter

un coup d'œil sur la campagne et surprendre, si
c'était possible, quelques-unes des dispositions de
l'Ennemi des grands chemins.

Avec la sûreté d'oreille qui les caractérisait, profitant pour se faufiler de tous les accidents de terrain, elles vinrent droit au repaire de la belette et
se blottirent à l'abri, tout en s'enquérant de Grimpemal.

Cousine Manteauroux les mit au courant de la
bataille et elles gagnèrent aussitôt leurs postes de
surveillance.

VI

Dans la Montagne des Longues-Oreilles, c'était
maintenant un roulement confus, parfois sourd et
plaintif, parfois aigu et haletant, auquel, de temps
à autre, répondait du dehors un hurlement du
braillard domestique ou le tonnerre du fusil de
l'homme.

Les Longues-Oreilles, affolés, couraient comme
des furieux au hasard des corridors, se heurtant
l'un à l'autre, s'assommant de coups de tête, se
mordant pour fuir plus vite, revenant sur leurs pas,

piétinant sur place, ne sachant plus au juste où
était leur assassin, dont l'odeur empestée emplissait tous les couloirs, planait dans tous les carrefours, rampait dans tous les terriers.

Le tonnerre empoisonné roulait au dehors à l'entrée des portes de terre; ils savaient que là aussi
un danger terrible les menaçait, et ils refluaient
tous vers le milieu de la cité, en une sorte de carrefour central, de géante place souterraine où se
tenaient les grands conseils intéressant toute la
tribu, et d'où partaient tous les boyaux principaux
de sortie.

Les yeux rougis, allumés par la peur, trouaien t
la nuit de passagères et rondes et phosphorescen-
tes lueurs; il y avait un embrasement de prunelles,
les lapins s'éclairaient de leur terreur, ils se regardaient, ils se voyaient ; de nouveaux phares s'allu-
maient derrière les premiers ; tous les prisonniers
de la Montagne convergeaient vers le repaire en
piaillant éperdûment, quand un cri plus atroce,
un cri suraigu, étranglé, le cri de mort d'une victime saignée à la nuque et pantelante aux dents
du meurtrier, retentit tout proche, à l'entrée d'un
boyau.

Le bourreau arrivait !

De tous côtés ce fut une fuite éperdue, une ruée sur tous les corridors indistinctement, même sur celui qu'occupait Jaunissard, au hasard d'un instinct débridé, bouleversé comme une boussole dans l'orage.

Ils se bloquaient l'un sur l'autre sans pouvoir passer, se comprimant mutuellement, formant à l'entrée des couloirs des bouchons de chair frémissante, tapant des pieds, s'arrachant le poil, se mordant, piaillant, criant, hurlant, saignant, dans une rumeur épouvantée de souffrance sur laquelle planait le râle atroce de l'assassiné dont Jaunissard lentement buvait le sang et qui ne s'agitait plus que faiblement sous les coutelas de ses dents et les cisailles de ses pattes.

C'était la déroute, l'affolement; Jeannot saigné, l'Autre allait arriver au carrefour, se ruer dans la cohue et tailler à pleines dents dans le troupeau...

Subitement, l'odeur puante se renforça, entra en bouffées plus denses et l'angoisse des lapins devenait de la démence et de la rage quand un autre cri, un cri effrayant par son ampleur et son

acuité, un cri fou de mort, et qui n'était pas celui
de la gent, domina la plainte expirante du vaincu
et fit frémir plus fort tous les Longues-Oreilles,
bousculés, comprimés, écrasés sur les couloirs.

Grimpemal opérait lui aussi.

VII

Le putois, quittant Dame Manteauroux, s'était
élancé dans le labyrinthe à la suite de Jaunissard,
et, filant à toute allure sur la trace de son ennemi,
avait assisté à la terrible chasse nocturne des Longues-Oreilles, à cette tempête de frayeur qui les
ballottait dans l'obscurité comme des feuilles de
bouleau dans la tourmente, à cette fuite effarante
qu'il connaissait bien un peu lui aussi, puisque la
Montagne était son canton de chasse, mais qui ne
lui réussissait pas comme au furet, car il n'avait pas
pour l'aider les grands complices des maisons qui
guettaient aux issues.

Il avait entendu tous les coups de fusil du chasseur, tous les aboiements de Miraút : il savait
qu'au dehors, sous les yeux des alliés qui le lui

conteraient plus tard, les Longues-Oreilles tombaient dans l'embuscade des rivaux, et cette pensée jalouse enflait sa colère en rage.

A la grande place souterraine où il arrivait enfin le tumulte était à son comble. Jaunissard, saignant son gibier, se gorgeait de sang.

Les pattes de Grimpemal ne touchaient presque plus la terre, il volait sous les cintres surhaussés du tunnel de glaise, guidé à la fois par l'odeur de l'ennemi et les cris de la victime.

L'autre, tout occupé de sa repue, déjà ivre de sang, ne se doutait mie de la proximité de son terrible adversaire, quand, d'un seul coup, avec une sûreté de maître égorgeur et une vigueur insoupçonnable, la gueule de Grimpemal comme une poigne implacable planta sur sa nuque la frigidité cinglante de ses mâchoires d'acier.

Jaunissard hurla, hurla, mais, toute puissante, la poigne d'ivoire se fermait irrésistiblement, trouant les chairs, broyant les vertèbres, cassant les os, coupant les muscles. Le traître eut un soubresaut terrible.

Un cri suprême fit panteler d'horreur les lapins qui étaient encore là, et attendaient, piétinant,

leur tour de fuir par les couloirs, et essayer des
circuits de sauvetage, sans oser revenir au carrefour central ni affronter les issues extérieures.

Les mères hâtivement rejoignirent les culs-de-
sac et les impasses où frémissaient leurs petits, et
s'y retranchèrent derrière des murailles de terre
pétrie avec leur urine. Le vide se fit instantanément
autour du lieu du drame où Jeannot Garenne vengé
gisait flasque devant le groupe serré des deux
ennemis. Jaunissard l'assassin, les pattes ballantes,
s'agitait en convulsions frénétiques : c'était la fin !
Mais Grimpemal, immobile, les yeux ardents, la
gueule tordue, serrait, serrait toujours, rivé sur
le cadavre, savourant sa vengeance, les moustaches saignantes, les mâchoires contractées, l'échine
bandée, les pattes crispées.

VIII

Il resta ainsi longtemps, comme ivre de son acte,
inconscient du temps qui coulait, le cadavre aux
dents, sans bouger, repu de vengeance et de joie
sauvage, tandis que la Cité souterraine était redeve-

nue muette et qu'au dehors l'homme et le chien,
étonnés du silence qui avait succédé au tumulte
premier, revenaient inquiets à la porte du corridor
d'entrée pour voir si Jaunissard, leur allié, n'en
ressortirait pas bientôt.

Le bruit sourd et rythmé des pas du Deux-Pattes
réveilla Grimpemal de son ivresse ; il lâcha Jaunissard déjà raide, les yeux ternes, révulsés, chavirés
de l'indicible angoisse de la mort, les pattes allongées, la bouche ouverte, puis, sûr de sa victoire,
refit prudemment en sens inverse le chemin parcouru pour annoncer à ses alliés l'heureuse issue
de la bataille.

Comme il approchait de l'entrée du terrier, un
reniflement bruyant du Braillard domestique, auquel
succéda un jappement de rage, lui apprirent que
l'issue était occupée par l'ennemi, et que, pour s'a-
venturer au dehors, il était prudent d'attendre le
signal de Cousine Manteauroux.

Alors il se passa à l'extérieur de la Montagne
quelque chose d'étrange que Fuseline et Mustelle
et Dame Manteauroux suivirent avec un intérêt et
une inquiétude croissants.

Le Deux-Pattes garnit l'entrée du souterrain,

d'une clôture de fil identique à celles où s'étaient
laissé prendre auparavant les Longues-Oreilles
étourdis, pressés de fuir, et il retourna sur ses pas
pour en mettre de semblables à l'entrée des autres
couloirs libres.

L'homme, averti par son compagnon au long
poil de la présence d'un intrus dans la Montagne,
et soupçonnant le méfait commis sur son commen-
sal Jaunissard, voulait punir le coupable et le prendre vivant dans ses rets pour l'assommer comme
un lapin.

Quant cette besogne minutieuse d'investissement
fut terminée, ils attendirent en silence, puis, ne
voyant rien paraître, ils partirent en longeant le
ruban interminable du chemin pour regagner les
Carrières Blanches où ils s'abritaient avec les autres
vivants de leur clan. Le Braillard humant suivait
par derrière le Grand Ennemi au museau sans poil
qui emportait sur son dos un sac par les trous
duquel passaient innombrables des têtes et des
pattes de Longues-Oreilles, victimes de sa ruse
et de ses coups ; mais à sa main, pendante, se
balançait vide la prison de bois qui avait amené le
traître.

IX

Sitôt qu'ils se furent suffisamment éloignés, Dame Manteauroux, sortant de sa cachette, donna le signal de la réunion et immédiatement Mustelle et Fuseline, prudentes et glissant sur le sol, utilisant les abris de pierres et les couverts de touffes, arrivèrent à l'entrée du boyau de terre gardé par le filet mystérieux de l'homme.

Grimpemal, averti lui aussi, approcha du dehors en entendant les voix de ses camarades de race et de ses compagnons de haine.

Dame Manteauroux, qui l'attendait, le prévint à temps du piège qui le guettait et de la captieuse et inconnue machine dont le féroce humain avait fermé sa retraite. Les mailles serrées de l'engin auraient saisi l'imprudent et l'eussent ficelé et roulé ainsi que dans un sac comme il arrivait aux Longues-Oreilles fuyant la dent de Jaunissard.

Mustelle et Fuseline avertirent aussi le cousin putois qu'un identique traquenard l'épiait aux

autres issues et qu'il était prudent d'attendre,
mais...

Une même question flambait dans la profondeur
de leurs prunelles : le Traître, le Misérable, le Tant-
Haï, où était-il ! Que s'était-il passé au sein de la
Montagne qui ne l'avait pas revomi ?

Alors Grimpemal, montrant ses rouges babines
et ses moustaches poisseuses, en un langage sobre,
mais illustré de gestes violents, narra aux trois
cousines figées d'attention la bataille dans le souterrain ; puis il partit chercher au carrefour où il
l'avait abandonné le cadavre de Jaunissard, qu'il
déposa assez près du filet et fit renifler aux trois
alliées.

Ah ! c'était bien lui le maudit, le détesté dont
on suçait la haine avec le lait aux mamelles maternelles, lui dont le sang avait menti à la race, lui
qu'on reconnaissait sans l'avoir jamais vu, lui dont
la seule odeur bâtarde allumait les colères aux
cœurs de tous, le Mal Bâti aux yeux louches et
troubles, aux membres empâtés, au pelage immuable
et voyant.

Il était vaincu, il était tué. Grimpemal l'audacieux
l'avait saigné, braconnant sur ses chasses dans la

légitimité sauvage de sa colère. Il avait bien mérité
de la tribu et de la race, le rude, l'implacable
vengeur !

Mais, en attendant de pouvoir rejoindre au dehors le conciliabule sauvage, il était obligé de rester
quelque temps prisonnier de la Montagne avec le
cadavre de Jaunissard.

X

Les alliées libres résolurent, pour ne pas exposer le putois à tomber d'un piège dans un autre,
toujours à craindre avec d'aussi redoutables ennemis, de faire sentinelle au poste de Dame Manteauroux, pour le prévenir, le moment venu, qu'il
pouvait enfin sortir et regagner son domaine
d'antan que tous respecteraient scrupuleusement,
selon les conventions de l'heure présente.

Et Fuseline, la première, monta la garde à l'entrée du trou, tandis que Grimpemal, affamé par
les rudes émotions de la bataille, s'enfonçait, rem-
portant Jaunissard, dans la nuit de la Montagne,
pour donner à son tour la chasse aux Longues-

7

Oreilles, épars, blottis, retranchés dans des culs-de-
sac, ou rôdant encore affolés par leur domaine.

Le putois se sustenta et dormit à proximité du
trou où veillait Fuseline, espérant à chaque instant
entendre le signal de liberté, mais quand le crépuscule du jour suivant le réveilla à l'heure habituelle, et qu'il approcha, vaguement inquiet, du
dehors, ce fut Mustelle qui le prévint que rien
n'était encore changé dans la situation.

Le piège était toujours là, mystérieux et sacré !

Oh ! les mécaniques humaines aux forces inconnues et subites, les fusils tonnants, les pièges
sournois avec leur auréole sinistre de puissances
malfaisantes !

Grimpemal eût préféré un corps à corps terrible
avec un ennemi sauvage ou une bête des maisons,
un goupil à longue traîne ou un braillard jappeur.
Avec ceux-là, du moins, on connaissait le danger,
rien d'imprévu ne fauchait traîtreusement la vaillance
des combattants ; on savait à quoi s'en tenir sur la
griffe et la dent, et l'ennemi devait compter aussi
avec une mâchoire puissante et des pattes solides.

Mais là, rien qu'une barrière grêle ! Quels dangers sournois recélait en ses fibres minces ce lacet

de chanvre qui roulait (sans merci les rongeurs vivaces aux pieds légers ?

Le putois laissait entre lui et le piège une distance respectueuse, et, tout en demandant à sa cousine les événements du jour, il observait avec une indicible méfiance et une crainte quasi mystique cet ennemi passif, immobile, qui semblait l'appeler et l'attendait patiemment.

Au loin, dans des corridors perdus, les Longues-Oreilles bloqués creusaient des galeries nouvelles : on entendait les battements réguliers des pattes des mineurs au poil roux dont les multiples équipes se rechangeaient d'instant en instant.

Mais Grimpemal ne songeait plus à présent à les poursuivre. Une crainte, une idée fixe le cernait, le pénétrait, le médusait : la peur de l'éternelle prison, la hantise de cette machine déposée là par l'humain tout puissant.

Il ne mangea pas ce soir-là et assista de loin au conseil des alliées qui se réunissaient comme de coutume avant de commencer leur chasse. Dame Manteauroux remplaça Mustelle et, comme la veille, assista à la venue du chasseur et de Miraut le chien, son éternel compagnon.

Grimpemal, aux écoutes lui aussi, l'entendit venir, et, inaccessible dans son trou, vit le gros
mufle noir, obstruer le canal et arrêter le jour,
mais rien ne bougea au dehors et une angoisse
froide, faite de colère et de peur, le crispa plus
douloureusement encore.

Toute la journée il resta là devant immobile,
les yeux fixes, à regarder ce filet qui écartelait l'a-
zur du ciel de ses mailles insidieuses et le nar-
guait silencieusement. Des vertiges le prenaient ;
il allongeait le cou, comme attiré dans un abîme,
ne pouvant comprendre son malheur, puis, avec
des frissons brusques de reprise de conscience, il
se retirait en arrière vivement.

Fuseline remplaça Dame Manteauroux au buisson d'épines, et Mustelle remplaça encore Fuseline et ce fut de nouveau le tour de la belette, et
tous les soirs, devant Grimpemal aux yeux fous,
le petit conseil des noctambules, plus sombre et
plus enfiévré, regardait ces mailles féroces qu'il
n'osait toujours pas toucher.

Grimpemal maigrissait ; ses os saillaient aux
jointures, on pouvait compter ses vertèbres, ses
yeux jetaient des feux verts, son poil se hérissait,

n'étant plus léché aux heures tranquilles de la
toilette quotidienne. Et puis, tout d'un coup, il se
mit à crier, à hurler, emplissant la Montagne de
sa plainte, épouvantant les Longues-Oreilles qui
mussaient encore aux galeries nouvelles ou qui
pâturaient aux alentours.

Grimpemal hurla toute la nuit, roulant comme
un enragé du carrefour central qu'empestait le
cadavre de Jaunissard à l'ouverture murée du
boyau de sortie.

Fuseline, elle aussi, rôdait autour du trou, terriblement excitée, furieusement agressive, attendant impatiemment le retour des compagnes, qui
arrivèrent au petit jour, émues profondément de la
plainte étrange s'évadant de la Montagne.

Elles virent Fuseline, elles virent Grimpemal et
se regardèrent. La situation ne pouvait plus durer!
elle était terrible ; on délibéra. Nulle ne voulait
abandonner le putois dans sa prison, lui, le vaillant,
qui, pour la vengeance de tous, s'était lancé sans
peur dans l'aventure ; un lien de solidarité fraternelle le liait plus que jamais à elles. Or Grimpemal allait périr de sa réclusion souterraine : une

7.

telle chose n'était pas possible ou toutes mour-
raient avec lui.

Le filet, mystérieux ennemi, était toujours là.
On allait l'attaquer sans retard et Fuseline l'auda-
cieuse déclara qu'elle allait la première donner l'assaut pendant que les deux camarades se prépare-
raient à bondir à la rescousse.

Les reins cambrés, la gueule entr'ouverte, les
yeux fulgurants, le corps rasé, magnifique de
haine et de beauté sauvage, la fouine approcha
lentement de cet ennemi redoutable qui la laissait
venir, immobile, tandis que Mustelle et Dame Manteauroux, arrondissant leurs échines, se préparaient
elles aussi à bondir sur ses traces pour soutenir son
effort et enlever la victoire ou mourir avec elle.

Alors, à proximité de l'engin maudit, lançant
crânement sa tête, Fuseline enfonça les dents dans
le lacis de chanvre ainsi qu'elle faisait pour saigner
ses victimes et secoua la tête de toutes ses forces.
Le piège, maintenu par deux fortes souches, résista
à l'attaque et se tendit, mais sans riposte.

Les deux autres combattantes s'élancèrent aussitôt de part et d'autre de Fuseline, et, crispant les
dents dans la ficelle, cambrant les reins, dressant

leurs pattes, concentrant leurs efforts, tirèrent en arrière de toute leur énergie.

Quelque chose de mystérieux craqua, qui les fit frissonner jusque dans les moelles, croyant à l'attaque traîtresse de l'ennemi ; mais rien ne leur cingla les reins, rien ne leur enveloppa les pattes, et plus audacieuses encore, plus que jamais résolues à en finir, elles se crispèrent éperdûment dans un effort désespéré.

Un nouveau craquement, plus violent cette fois, se fit entendre, et toutes trois, balayées par une force terrible, roulèrent en arrière sous le manteau de fil qui les recouvrait.

Leur angoisse un instant fut atroce, car nulle ne savait la cause exacte de ce choc mystérieux et soudain. A quelle sorte de danger allaient-elles avoir affaire ? Mais aussitôt cinglées du même vouloir têtu, elles se retrouvèrent toutes trois debout, furieuses, agressives, toutes les énergies levées, dents grincées, pattes crispées.

Violemment, du même geste de conservation, elles se jetèrent simultanément en arrière.

Surprise ! L'ennemi gisait flasque devant elles, sans forces, sans ressort, le trou était libre !

Grimpemal ! Grimpemal ! Grimpemal ! Les trois
voix des trois cousines jetèrent en même temps le
cri d'appel. Le putois avait disparu...

Qu'était devenu le prisonnier affolé qui s'était
enfin tu devant leur attaque ? Nulle ne le savait !
Aucune ne l'avait vu sortir ; où était-il, lui qui suivait leurs efforts avec des yeux hallucinés ?

Etait-il devenu inconscient et terrible ? La Montagne des Longues-Oreilles l'avait-elle gardé et
dévoré pour venger Jaunissard et Jean Garenne
assassinés !

Grimpemal ! Grimpemal ! Grimpemal ! Et les
trois cris d'appel retentirent encore, s'espaçant à
la porte de la Montagne.

Un long silence suivit, impressionnant jusqu'au
frisson, et puis enfin, tout d'un coup, un cri répondit de l'intérieur, un cri étouffé comme un grognement.

C'était lui ! il n'était pas perdu pour le clan.

Et subitement la petite tribu angoissée vit sur-
gir le putois, tirant par la queue le cadavre décom-
posé du traître qu'il abandonna, ivre d'espace, à
l'entrée du souterrain, comme s'il eût voulu faire
savoir à tous les Jaunissards futurs que ramènerait

le Deux-Pattes, qu'il y aurait toujours par la Montagne et la Forêt des frères libres et maigres, aux dents d'ivoire, aux muscles d'acier, qui vengeraient, envers et malgré tout, le clan des noctambules farouches, éperdûment levés contre l'impardonnable trahison.

LA GUIGNE DE CHANTEGRAVE

A Madame Rachilde.

I

Dans l'étable, sur un bâton givré de sels blanchâtres, à deux pas derrière la rigole de purin,
barrée de fétus noircis, Choque, la vieille poule,
couvait depuis vingt et un jours ses quinze œufs
sous la fourrure duvetée de son poitrail surchauffé
par un sang qui l'irriguait à pleine artère.

Au centre d'une ruche d'abeilles désaffectée,
dont la paille de seigle, pourrie par le temps, se
hérissait en torchailles grisâtres, elle rêvait, les
yeux ouverts, on ne sait quel songe mystique de
bête, agrandi et auréolé de sa prochaine maternité.

Devant elle, une assiette égueulée gardait un
reste de pâtée faite de son, d'eau et de pommes de
terre, qu'elle n'avait pas achevée et qu'aucune de
ses sœurs, juchées maintenant sur le perchoir
rustique tendu entre deux solives, n'avait songé,
malgré la voracité habituelle de la gent, à venir lui

dérober sous le bec ; une écuelle, dont s'écaillait
par endroits l'émail blanc, contenait son eau tié-
die, souillée de poussières complexes, semée de
brins de foin et de glumes d'avoine, sur laquelle la
fièvre incubatrice lui faisait pencher de temps en
temps un bec altéré qu'elle relevait en fermant les
yeux.

L'étable dormait lourdement, chaude de la respiration des douze vaches couchées sur la litière
humide. Rien, pas même un léger cliquetis de
chaîne, ne troublait la torpeur des bêtes reposant,
la tête sous la crèche, leur bon mufle rose immobile en sa semi-glabréité hérissée seulement de
quelques poils drôles, au bout desquels pendaient,
telle une rosée tiède, des gouttelettes de vapeur
s'échappant de leurs naseaux.

Rentrées avec le soleil couchant sous la garde
du vieux coq Chantegrave, les poules s'éveillaient,
silencieuses encore, dans l'appréhension quasi religieuse de troubler ce bon silence où se complai-
saient toutes les communautés de bêtes rassemblées, et engourdies délicieusement de sommeil,
d'inconscience et de nuit.

Le coq, immobile comme elles, surveillait la fenê-

tre qui se détachait plus claire au mur noir de
l'entrée, et le guichet de la porte comme encadré
d'un filet gris, que la fermière leur ouvrirait avec
le jour.

Il faisait sombre; les bestioles ne se voyaient
point et pourtant la fièvre contagieuse de la vie
qui se sent vivre les avertissait de leur réveil. Chantegrave, au centre, eut un petit gloussement comme
une toux discrète pour s'éclaircir la voix et, de
chaque côté de lui, de petits cocotements assourdis
décelèrent le bonjour matinal que la famille Picorée échangeait dans l'obscurité.

II

Rien ne remuait au dehors. La fenêtre cependant
lentement se débarbouillait de nuit, les barres de
la croisée commençaient à se préciser, et Chantegrave hésitait à sonner sa diane quotidienne, angoissé vaguement par le combat de l'ombre qui se
massait au fond de l'étable, et de la blancheur qui
envahissait la rue.

Mais un coquerico s'exhala d'une maison voisine

et la contagion de l'exemple irrésistible vainquit
ses derniers scrupules, ses scrupules de coq vieillis-
sant. Résolument, il s'allia au jour et au soleil, et poussa son cri de guerre. Se redressant sur ses pattes,
cambrant le poitrail, allongeant le cou, il lança, aux
quatre murs de l'étable, un chant martelé, aigu, avec
des chevrotements maniérés et des ports de voix de
note en note, finissant en un point d'orgue largement prolongé s'effilant en ruisseau de cristal.

Alors l'étable s'agita de rumeurs. Les muscles
des bêtes craquèrent, des chaînes grincèrent, des
respirations soufflèrent et le grattement de souris,
comme sourd et lointain des vaches qui commençaient à ruminer se mêla aux claquements d'ailes
étouffés des poules se secouant de leur engourdissement.

L'étable était éveillée. Des lapins frappèrent du
pied dans leur cage, une brebis bêla.

De minute en minute, le clairon de Chantegrave
emplissait l'espace et, plus intense et plus ample,
grandissait la rumeur au fur et à mesure que la
lumière précisait les alignements parallèles d'échines
de vaches s'accusant en arêtes vives.

Alors entre deux bat-flancs qui laissaient comme

une grande stalle vide, une porte vigoureusement claqua, des meuglements tonitruèrent, et les gélines, reconnaissant la maîtresse, s'envolèrent de tous côtés, sur les jougs, les harnais, le rebord de la fenêtre, les marches de l'escalier de la grange, pour être prêtes à gagner la cour.

Le guichet du bas de la porte glissa en criant dans ses rainures, dessinant un carré de jour, et, une à une, elles défilèrent, au petit bonheur de leur proximité.

Les vaches, pendant ce temps, comme à un commandement de la femme, se levèrent, s'agenouillant d'abord, puis s'étirant en dos bossus, faisant bruire l'acier de leurs chaînes; quelques-unes meuglèrent de nouveau avec de puissantes aspirations d'air, sifflant dans les naseaux, puis elles attendirent toutes passivement l'heure où l'on les mènerait en troupeau à l'abreuvoir.

Pendant ce temps, dans une hutte basse, les brebis tournaient, impatientes de manger, et, dans leurs cages garnies de treillis, les lapins tous rassemblés dardaient sur la patronne des yeux ronds à reflets rouges.

III

La fermière revint droit au nid de Choque qu'elle souleva sans façon dans ses mains rougeaudes, pour voir si d'aventure quelque œuf était éclos, et la poule, en poussant de petits cocotements d'impatience, la laissa faire sans autre résistance.

Mais, quelques instants après, la couveuse pencha la tête sur ses œufs, écouta avec attention et, d'un coup sec, cassa une coquille d'où sortit tout frileux et gambillant sur ses petites pattes le poussin gracieux, tout humide en son plumage crème, ouvrant son minuscule bec tendre avec des « tuitui » craintifs et étonnés.

Choque le poussa doucement du bec sous son poitrail où la bonne chaleur maternelle le sécha bien vite, et elle recommença à épier les quatorze œufs qui restaient, pour ouvrir, l'heure venue, aux frêles emmurés qui appelaient, derrière leur coquille de pierre, la mystérieuse porte de la vie.

Deux heures après, douze petits s'abritaient sous ses ailes, se réchauffant à la chaleur de son sang, pépiant doucement, tandis qu'elle repoussait, au fur et à mesure de l'éclosion, les coquilles cassées, gênantes pour la nitée.

Trois œufs sous elle restaient obstinément silencieux, que la maîtresse agita quand elle revint la visiter. Ils claquaient et elle les cassa sans hésiter, persuadée qu'ils étaient perdus, peut-être non fécondés malgré la présence du coq, peut-être tués par l'orage qui s'était déchaîné sur le pays vers le milieu du temps de l'incubation de sa poule.

Les petits se ressemblaient tous ; ils pépiaient de la même façon, ils vivaient pour un seul désir, la chaleur, et, sitôt glissés d'entre les plumes, ils se renfonçaient aussitôt avec des élans frissonnants sous le large manteau chaud des ailes écartées de la mère. Et plusieurs jours, ce fut ainsi.

Pendant ce temps, la tribu des Picorées s'était épandue au dehors, fouillant les endroits humides, pour tâcher de surprendre, avant leur retraite précipitée dans leurs labyrinthes souterrains, les gros vers de rosée qu'elles coupaient en deux et se hâtaient d'avaler avant la fuite des deux tronçons vivaces.

Chantegrave se pavanait aux alentours, les

regardant secouer leur bec moucheté de terre ou
bien l'essuyer en le passant alternativement de
droite et de gauche sur l'arête d'une pierre ou d'une
bûche de bois. Puis il sautait en battant des ailes
pour s'établir sur les murs, la levée de grange, les
stères de quartélage, et, de là, il répondait au
chant de ses confrères par des coquericos vibrants,
prolongés jusqu'à l'essoufflement.

Chantegrave était depuis des soleils et des soleils
le pacha de trois tribus de poules; il avait vu se
renouveler des générations de gélines, car, chaque
année, la fermière escamotait sans façons une partie de ses femmes qu'elle venait saisir au perchoir
où elles piaillaient à bec déployé, puis faisait disparaître pour toujours, malgré les protestations
vives et les gloussements de colère du vieux mâle
qui les oubliait fort vite, d'ailleurs, dans la sérénité
de ses besoins assouvis.

IV

On était en mai. Le soleil vivement se souleva
de l'horizon, empourprant les tuiles rouges des toi-

tures, buvant la rosée discrète qui gouttait au bout
des larges glaives appesantis des grandes herbes,
inclinées toutes dans le même sens comme les innombrables baïonnettes d'une armée en marche.

La chasse aux vers était terminée et, à l'appel
aigu et répété des fermières, les troupeaux se précipitèrent chacun de son côté. Les ailes en croix
ramant l'espace, les glousseuses arrivèrent pêle-
mêle devant les portes des cuisines où les mains
dispensatrices, plongeant dans le tablier retroussé,
épandaient en cascades grêles le grain de leur
déjeuner.

Elles le picorèrent vivement, se hâtant pour en
prendre le plus possible et emplir leur jabot comme
une besace de réserve, puis elles s'égaillèrent de
droite et de gauche, cherchant des grains perdus
ou de petits graviers.

Chantegrave allait de l'une à l'autre, affairé et
faraud, gloussant pour un petit cadeau (mouche,
graine ou vermisseau) à l'une de ses belles, et de
moment en moment, se ruant comme avec fureur
sur la femelle qu'il venait de choisir pour ses
amours passagères.

Chantegrave continuait à porter beau, mais il

8.

se faisait vieux. Maintenant il manquait souvent
son coup, basculant sur le dos de la géline, dégringolant de côté ou en arrière dans des postures dont
il sentait vaguement le ridicule, pendant que la femelle, accroupie pour l'hommage qu'elle facilitait en
divisant au ras du croupion les plumes de la queue,
se relevait un peu étonnée et déçue de cet échec et
se prêtait difficilement à de nouvelles tentatives.

Alors le vieux beau tournait en courant tout autour, étendant une aile vers le sol, et courbait le bec
vers elle en gloussant pour une menace ou une
excuse nécessairement admise.

Quand le troupeau désœuvré se fut suffisamment
roulé au soleil dans la poussière, qu'on l'eut
repoussé du hangar expulsé du fumier, Chantegrave, sans hésiter, le conduisit vers le jardin fraîchement retourné où la terre meuble tentait de
loin les pattes avides de grattages.

Chantegrave était trop vieux pour s'effrayer du
mannequin de paille habillé d'une vieille veste dont
les manches flasques de dieu Priape grotesque se
balançaient au vent. La grossièreté du piège était
juste bonne à mettre en valeur son audace auprès
du sérail qui le suivait de confiance.

Grattant des pattes, rejetant la terre en arrière, piquant de droite et de gauche, la tribu, grossie des poulaillers voisins dont le coq était également maître et seigneur, eut bientôt ravagé un carré de laitues et de choux et se disposait à continuer, quand la fermière surgit le balai à la main.

L'intonation énergique de son cri ne laissa aux fouisseuses aucun doute sur ses intentions, et Chantegrave sonna la retraite en un « cot-co-dé » précipité qui commandait de hâter le mouvement. Mais le balai se balança aux mains de la femme, décrivant dans l'air une parabole fantaisiste et vint donner du manche en plein troupeau, cinglant la patte du vieux coq qui gloussa plus fort et fila en tirant la jambe, poursuivi par les malédictions de sa maîtresse.

Ce fut le début de ses malheurs :

Sa blessure ne guérit jamais complètement , les jours passèrent toujours pareils et, oublieux de sa mésaventure, malgré sa patte claudicante, il revint au jardin tout de même, car la tentation était vraiment trop forte de faire gicler sous ses griffes se crispant cette belle terre meuble qui semblait préparée tout exprès.

V

Pendant ce temps grandissaient les petits poussins ; des taches noires apparaissaient dans leurs
langes crème, les différenciant peu à peu. Ils suivaient la vieille Choque qui les appelait sans cesse,
leur apprenant à gratter, leur distribuant la pâtée,
haussant la voix pour les bons morceaux décernés
aux plus habiles, et les rassemblant derrière elle
quand surgissait un danger, c'est-à-dire tout homme
« ou toute autre bête » étrangère à la maison. Miraut
était toléré ; le chat Mitis était supporté... à longues distances, car il était maigre, mais quand un
autre chien ou un autre chat se présentait, même
de loin, elle enflait férocement ses ailes et se précipitait sur l'adversaire, même plus fort qu'elle et
mieux armé, avec une telle impétuosité qu'elle le
mettait toujours en fuite.

Elle ne supportait pas dans sa couvée l'intrusion
de ses sœurs ni de Chantegrave et les expulsait
aussi impitoyablement que n'importe quel étranger à sa race. Mais quand un petit, s'attardant à

muser derrière un caillou ou une touffe d'orties,
perdait de vue le troupeau et faisait « pie-ù », elle
écoutait attentivement, haussait d'un ton son gloussement d'appel et conduisait toute la petite famille
vers l'égaré qui se précipitait vers la mère aussi
vite que le lui permettaient ses petites pattes, et ne
la quittait plus de la journée.

Au bout de trois semaines, de minces crêtes, à
peine rougeâtres, percèrent au-dessus des têtes ;
seule chez l'un d'eux elle se précisa plus fortement
et s'empourpra davantage : c'était le seul poulet
de la couvée.

Le petit troupeau maintenant, bien que suivant
toujours la mère, partageait le repas des poules, et
avait même droit, comme étant moins habile à
piquer le grain, à un dessert de faveur, une pâtée
de son dont étaient exclus les adultes. Puis on
l'habitua à se jucher en facilitant, par une planche
en pente douce, la montée au perchoir.

Vers ces temps, notre jeune poulet, sentant pousser sa crête, s'essaya à chanter. Les débuts ne furent
pas brillants. Il allongea le cou en avant comme si
on l'étranglait, ouvrit tant qu'il put comme un
large compas son petit bec, et d'une voie enrouée,

essoufflée et aiguë il fit « cureuheuhe ! » à l'ébahis-
sement de ses petites compagnes et au grand mépris de Chantegrave, qui tourna majestueusement
la tête de son côté et papillota un peu de l'œil, se
disant qu'après tout ce jeune freluquet était peut-
être à surveiller.

VI

Chantaigu se montra précoce.

Avant que la vieille Choque les eût quittés, il
fut pris, un beau soir, d'un désir subit d'imiter
son aîné, et sans gêne aucune et sans forfanterie,
avec la naïveté de la jeunesse, quand les poules
après le repas, la tête mi-penchée, se regardaient
avec des expressions stupides, comme étonnées d'a-
voir sitôt fini, il sauta sans façons sur l'une d'elles
dont il voulut pincer amoureusement les plumes du
cou.

Il ne se maintint pas longtemps dans cette
position héroïque. La poule, se secouant, le fit dégringoler, le repoussant d'ailleurs fort doucement
avec tous les égards qu'il est bon de garder avec
quelqu'un que l'on doit ménager.

Cela ne faisait point l'affaire de Chantegrave,
qui avait sur cette question un avis fort différent.
Aussi tomba-t-il immédiatement sur ce jeune plu-
meux à peine barbillonné avec une belle colère et
sans nul souci de la courtoisie chevaleresque qu'il
eût été séant de garder avec un adversaire plus
jeune et plus faible que lui.

Chantaigu fut très crâne. Il se campa carrément
sur ses deux petites pattes, tendit la tête en avant
et fit face à l'ennemi. Mais le vieux, le dominant
d'un demi-pied, lui administra aussitôt une râclée
de coups de bec sur la tête, le cou et le dos, lui
arrachant les plumes, lui tirant les barbillons et
lui pinçant la crête, malgré ses protestations cour-
roucées et ses sauts saccadés pour se hausser à la
hauteur de l'ennemi.

Il n'était pas de taille, mais comme il ne voulait
pas fuir, l'autre l'eût infailliblement assommé, si
la vieille Choque, reprise par un sentiment mater-
nel s'émoussant par degrés au fur et à mesure que
grandissait sa couvée, ne s'était interposée et
n'avait couvert son rejeton en repoussant violemment son père en fureur.

Le petit poulet garda à Chantegrave une haine

mortelle, sentiment réciproque d'ailleurs, car, de ce
jour, les plaisirs du vieux coq furent empoisonnés
par la crainte vague de ce rival grandissant et l'instinctif pressentimen' que viendraient les temps où
il ne pourrait plus défendre avec un égal succès
ses antiques prérogatives.

Chantaigu évita avec soin le vieux maître; de
même s'abstint-il, pendant longtemps du moins,
de recommencer auprès des gélines la tentative
qui lui avait si mal réussi une première fois.

Il se contentait, plaisir toléré, de se perfectionner
dans le chant, et au fur et à mesure que lui poussait la crête, que s'arrondissaient et s'allongeaient
les belles plumes mordorées de sa queue, sa voix
s'éclaircissait, son coquerico devenait plus allongé,
plus vibrant, d'un timbre plus sonore et plus agréa-
ble, qui faisait lever la tête aux jeunes poulettes
et se secouer les vieilles poules, un peu privées, par
la vieillesse jalouse de Chantegrave, de l'amour
quotidien.

VII

Depuis longtemps le petit troupeau avait quitté

la maman Choque, qui les avait expulsés elle-même,
à grands coups de bec, sans ménagement, de son
voisinage, dès qu'elle les avait vus suffisamment
grands pour voler au juchoir et suffisamment forts
pour se sauver ou se défendre des rares ennemis
de la basse-cour.

Chantegrave surveillait son rival grandissant à
qui il voyait manifester des velléités d'indépendance
et des sentiments de galanterie. Le petit, depuis
sa correction, avait toujours fui au premier mouvement d'approche du vieux coq, et même le soir,
à l'étable, il n'osait que rarement se jucher sur le
perchoir avec le reste du troupeau.

Mais la situation ne devait ni ne pouvait durer.

Chantaigu sentait sa force; ses besoins devenaient impérieux, et maintenant il se redressait lui
aussi, cambrant le col, quand il voyait son farouche aïeul rendre à ses nombreuses concubines ses
hommages de la journée.

Aussi ce matin de juillet, après avoir lancé aux
frontières de son fumier un mâle coquerico, il se
précipita lui aussi sur la poule la plus prochaine,
qui déféra fort complaisamment à son désir.

Chantegrave, à l'autre bout de la basse-cour, le

vit et sentit tout son sang lui bleuir la crête de
colère. Il eut dans la gorge un « roccodê » étranglé de rage, et, balançant sur ses grosses pattes,
écartant les ailes, il s'élança sur l'audacieux qui
osait violer à son profit ses anciens privilèges.

Il trouva cette fois avec qui cogner.

Tout de suite Chantaigu tomba en garde, les
ailes écartées, le bec pointé, et, quand l'autre voulut recommencer la danse d'autrefois, il lui flanqua,
en travers de la tête, un maître coup qui fit gicler
le sang des barbillons du vieux coq. Ils se mirent
un arrêt tous deux, les dos écrasés, les cous hori-
zontaux, bec à bec, n'osant attaquer ni l'un ni
l'autre, les yeux louchant en avant, soufflant de
colère, tandis que les poules, du haut de leur
observatoire du moment, tournaient, avec des
expressions de commères aux écoutes, la tête de
leur côté en poussant des gloussements variés.

Ils restèrent ainsi trois bonnes minutes, se mesu-
rant, les plumes hérissées sur le cou, puis Chantaigu, plus ardent, bondit sur ses pattes et d'en
haut cogna sur la tête de Chantegrave de toute la
force de ses jeunes muscles, décuplée de l'énergie
des vieilles rancunes amassées.

L'autre en voulut faire autant, mais il était plus lourd et moins leste que le jeune, qu'il ne parvenait pas à dominer, et qui toujours, comme avec un pic, lui martelait le crâne, lui trouait la crête et le cou, lui ciselait les barbillons et lui crevait un œil.

Les ailes enflées, le jeune, poussant le vieux du poitrail, le faisait reculer, lui plumait le dos et lui perçait la peau tant et si bien que Chantegrave, piaulant de douleur, de colère et de honte, battit en retraite vers l'étable, abandonnant à son rival victorieux la suzeraineté de la tribu.

VIII

Les rôles étaient intervertis. Fort de sa victoire et sûr de sa force, Chantaigu ne toléra plus aucune galanterie du vieux coq, et dès qu'il le voyait de loin se préparer à quelque amoureuse tentative, il poussait un cri sonore, comme un énergique veto qui rappelait le vieux beau au sentiment de sa situation.

Chantegrave en maigrissait de rage ; de temps à

autre il battait encore des ailes pour essayer ses
vieilles forces et voulut même un jour reconquérir
violemment une partie de ses droits.

Mais Picorée elle-même, consciente de sa cadu-
cité et séduite et captivée par la mâle vigueur du
jeune, repoussa ses avances, et comme il se préparait à châtier son impertinent refus, Chantaigu aux
aguets, rappliquant à toute allure, lui administra,
malgré une défense courageuse, la nouvelle correction qui ruina définitivement ses derniers
espoirs de suprématie.

De ce jour, Chantegrave vécut à l'écart de la
tribu, dont il n'approchait plus sans appréhender
le mépris non déguisé des femelles ou des attaques
impitoyables du jeune mâle.

Il rôdait solitaire aux confins de la cour, au bas
du pont de grange, au fond des hangars, ravalant
en silence sa honte et sa colère. Le repas en commun lui était presque interdit. Quand la voix de la
fermière, aux heures accoutumées, appelait le petit
troupeau pour la distribution du blé, il se voyait,
par tous, repoussé du centre où il régnait jadis au
plus épais du grain, battu par les unes qui ne lui
pardonnaient pas sa déchéance et par l'autre qui

gardait toujours au cœur le cuisant souvenir de sa
première bataille.

Il approchait peureusement des bords, accrochant de ci de là quelque graine légère, souvent
payée d'un sanglant coup de pointe. Quand la
femme restait pour surveiller le repas, il se rangeait
de son côté, tout près de ses jupes, sollicitant de
sa haute justice une protection.

Il maigrit de plus en plus, et les gens du logis
s'aperçurent bien vite de sa triste situation, dont ils
riaient comme de quelque chose de bien amusant
quand ils le voyaient à l'étable, exilé du perchoir,
se résigner à un juchage grotesque, à un pied du
sol, sur le couvercle d'une caisse, tandis que, sous
le plafond, entouré de la tribu, dominait son rival
triomphant.

Les bêtes lui étaient hostiles, ce fut bientôt le
tour des humains.

IX

Un beau jour que la fermière, comme elle faisait
chaque année, avait attrapé quelques-unes des vieil-

les pondeuses, aux protestations éclatantes, cette
fois, de Chantaigu, on vint, lui aussi, le poursuivre,
le cerner, l'acculer dans un coin et l'attraper sans
façons.

La femme d'abord lui promena sur tout le corps
une poigne rude qui le serrait comme pour l'étouf-
fer, puis elle eut un grand éclat de rire en le passant à un homme qui recommença exactement la
même offensante opération.

Chantegrave prisonnier tremblait de toutes ses
plumes et cherchait à piquer. Mais l'homme, lui
aussi, tonitrua d'un rire gras qui lui secoua le ventre, et repassa la bestiole à la femme dont un geste
rude la jeta de nouveau à terre. Heureux d'en échapper à si bon compte, Chantegrave s'enfuit à toutes
pattes dans l'étable d'où il ne reparut qu'au moins
deux heures après.

Et quelques jours encore son existence se pour-
suivit pareille, harcelé qu'il était par Chantaigu,
honni de Picorée, repoussé des repas, expulsé du
perchoir. Il en devenait plus sec qu'un coucou. Sa
crête s'affaissait, ses plumes tombaient, ses barbillons pâlissaient, son œil unique se frangeait de
rouge : il ne chantait plus.

Et puis, tout d'un coup, un midi que la fermière leur jetait le grain et qu'il se rapprochait tout près d'elle, elle se baissa vivement et le cueillit dans ses jupes avec une telle rapidité qu'il n'eut même pas le temps de songer à reculer.

La femme l'emporta, serré dans ses deux mains, à la cuisine, où elle vint prendre des ciseaux, tandis que le troupeau, un instant étonné de cet escamotage, reprenait plus vivement son repas interrompu.

Il finissait quand la patronne sortit de nouveau, Chantegrave sous le bras râlant lugubrement et s'efforçant en vain d'échapper à son étreinte. Un peu effrayés, Chantaigu et ses poules reculèrent.

Tendant le cou, inclinant la tête, agrandissant les yeux, ils virent la femme ouvrir de son ciseau brillant le bec du vieux coq, les lames s'enfoncer, hésiter un peu et mâcher quelque chose en se refermant. Puis d'une seule main, tenant sa victime par es pattes, elle la laissa pendre la tête en bas.

Un petit ruisselet rouge coula dans l'ouverture du bec, dégouttant sur le gravier, tandis que Chantegrave, piaulant avec des râles étouffés, la gorge obstruée de caillots, essayait de redresser le cou

et la tête pour arrêter la fuite de son sang, ouvrant
un bec qui s'empâtait et battant des ailes de toute
ses forces.

Cela dura quelques instants, puis la tête tomba
sans forces dans le prolongement du cou, l'œil
unique du vieux mâle se voila; dans une violente
et suprême convulsion, il le rouvrit encore et se
secoua, puis il croula définitivement, mort, exécuté
devant son sérail qui le reniait.

Alors quand la fermière fut rentrée avec son
cadavre encore chaud pour le déplumer, Chantaigu
lança aux quatre vents son éternel chant de fête
tandis que les poules venaient en chœur picorer
les petits graviers rougis du sang de leur vieil
amoureux.

MAUPATTU LE PARIA

A Mademoiselle Read.

Cette année-là, comme sa vieille Choque restait obstinément sur le nid, empêchant les autres poules de venir pondre à l'endroit habituel, la fermière lui confia encore à couver un nombre impair d'œufs parmi lesquels elle avait glissé un œuf de cane. La vieille maman qui menait toujours à bien sa nitée lui donna au bout des vingt et un jours d'incubation quatorze poussins et un petit canard.

Dès que les petits poulets furent sortis de leur coquille, grelottant de froid et de vie, ils s'enfoncèrent dans le chaud duvet de la mère, mais le caneton, insoucieux de cette humidité native, clochant de droite et de gauche sur ses rudiments de pattes, grimpa péniblement jusqu'au bord de l'assiette de glaise où était l'eau de la poule et, se laissant glisser sans hésitation, se mit à y barboter avec délices.

Choque, effrayée des instincts bizarres de cet

enfant terrible, se souleva vivement du nid, et, pour sauver son débile rejeton, qu'elle croyait en danger, elle le poussa énergiquement de la tête et du cou pour le tirer hors de l'eau et le ramener dans son giron.

Le canard roula comme un œuf, mais, entêté dans ses instincts, il ressauta dans l'eau au grand désespoir de la mère qui culbuta l'assiette pour l'en retirer, et à l'effroi des petits poulets piétinant de peur devant les rigoles d'eau qui s'allongeaient comme des serpents et couraient devant eux, eux qui souffraient de la folie désobéissante du petit frère.

Enfin Clopinard se rendit aux raisons maternelles, et, comme les autres, rejoignit, sous l'édredon chaud du poitrail et les épaisses couvertures des ailes les petits compagnons bizarres, éclos de la même chaleur que lui et que gênaient tant ses très naturels instincts.

Quand, au bout des quelques jours réglementaires de repos et d'accoutumance à l'air, Choque conduisit au dehors sa marmaille ailée, le premier souci de Clopinard fut de chercher de l'eau. Toute flaque lui était bonne. Dès qu'il en avait éventé

une, il se précipitait de toute la lenteur de ses pattes, béquillant de droite, clochant de gauche, tordant son minuscule derrière, penchant son petit
cou tendu en avant de son dos comme si on l'y
avait enfoncé en faussant le pas de vis.

Il arrivait et se plongeait dans d'invraisemblables
mares, miniatures d'étang où il triomphait, battant
des nageoires, frétillant du croupion, le petit œil
cligné d'un air narquois, et cuignant de volupté.

Choque, à grandes enjambées, rejoignait la flaque,
entrait dans l'eau à mi-pattes, craignant de mouiller ses plumes et le poussait et l'appelait pour le
faire rejoindre au plus vite le gros de la famille,
les petits piauleurs dont les yeux noirs effrayés
brillaient clair dans le jaune uni de leur premier
plumage.

Mais on n'échappait à un danger que pour re-
tomber dans un autre pareil, et jusqu'à ce que le
soleil eût séché les creux de glaise, où séjournait
l'eau de pluie, la vie de la petite famille se passa en
courses de flaque en flaque et en stations devant
les ébats aquatiques de Clopinard, de sorte que
Choque avait à peine pu commencer l'éducation
gratteuse de sa couvée.

9.

II

Ayant enfin réuni sa nitée, la maman poule la conduisait sur le fumier pour une très importante leçon, quand, s'engageant sur la planche inclinée qui y montait, entourée de tout son petit peuple, l'incorrigible Clopinard, traînant la patte par derrière, tomba en arrêt devant la rigole pleine jusqu'au bord d'un beau purin qui l'entourait comme un ruisseau noir.

Peu difficile sur la qualité du liquide dont il était un peu privé, il y entra bravement, au grand effroi de la mère qui l'appela en vain, redescendit la planche, haussa la voix, cria, tourna, tendit le cou, menaça, entourée des autres petits qui criaient aussi, tout ahuris de l'inquiétude maternelle.

Clopinard resta sourd.

Alors la mère, comme furieuse de cette désobéissance perpétuelle, abandonna là son nourrisson et reprit avec les autres le chemin du fumier qu'elle traita en pays conquis. Se balançant un peu en

écartant les ailes d'un geste comparable à celui de
l'ouvrier qui crache dans ses mains pour se préparer à l'effort, elle parqua ses élèves en demi-
cercle et fit voler sous ses pattes avec une ardeur
frénétique tout un large coin de la croûte superfi-
cielle desséchée sous laquelle grouillaient des familles de vers qu'elle distribuait équitablement à ses
enfants.

Lorsque Clopinard fut las de ses ébats semi-
aquatiques, ayant perdu de vue la tribu dont il
n'entendait plus le rappel, il se mit à pleine gorge
à appeler au secours. Mais son « coin coin » d'appel ne ressemblait pas « au pie-ü » des autres, et
Choque, inaccessible à ce jargon, ne se dérangea
pas pour l'aller rechercher.

Clopinard eut peur de son isolement et cria plus
fort, le bec en l'air. Puis il se tut, écouta et entendit
au-dessus de lui le « cloc-cloc » d'appel de la poule.
Il voulut aussitôt la rejoindre ; mais les pentes
abruptes du fumier étaient inaccessibles et il ne
songeait pas à retrouver le pont que Choque avait
traversé avec ses petits frères, car il ne l'avait pas
vu, hypnotisé qu'il était par le liquide noir dans
lequel il venait de barboter. Boîtant d'un côté,

boîtant de l'autre, il avançait, puis revenait sur ses
pas, tournant vaguement autour de cette forteresse
et geignant dans son cuin-cuin, mais toujours en
vain.

Il épuisa ainsi son désespoir, puis se tut, tandis
que dans sa petite tête des notions vagues nées de
sa douleur présente le consolaient en lui faisant
sentir qu'il était sans doute différent des autres
rejetons que Choque avait couvés, des petits poulets craignant l'eau et suivant si docilement la
mère.

Du temps sans mesure coula, et il sentit qu'il
avait sommeil quand il retrouva enfin la nitée qui
triomphalement redescendait la planche inclinée
pour aller au sec se reposer et dormir à l'abri des
ailes de la mère.

Sans hésiter il voulut rejoindre le petit troupeau
et se mêler aux piauleurs, mais dès qu'elle l'aperçut, Choque, se rendant compte sans doute qu'il
n'était pas comme les autres, renia carrément cette
géniture et l'expulsa avec un coup de bec vengeur
de l'abri duveteux où il voulait se tapir auprès des
autres petits frères.

Clopinard, qui sentait nécessaire une protection,

tenta plusieurs retours tous inutiles et, ne voulant
pas croire encore à son abandon, resta à proximité
de Choque pour profiter au besoin d'une défaillance
sentimentale. Puis, fatigué, il s'affaissa sur ses pattes
au soleil, le ventre dans la poussière et s'endormit
tranquillement.

Mais quand, au « cloc cloc » monotone de la poule,
le petit troupeau reposé se remit en marche et qu'il
voulut le suivre, toute la tribu, comme si elle eût
pris conscience elle aussi de son origine étrangère,
le repoussa sans merci.

Clopinard n'insista pas, et comme l'eau le solli-
citait de plus belle, il retourna à sa rigole et à ses
flaques, se reposant au soleil, et soigné par la fermière qui s'était tout de suite aperçue de son abandon et s'occupait de ses repas et de son gîte de
nuit.

III

Que se passa-t-il au sein de la famille durant la
semaine qui suivit ? Choque, mise en défiance par
l'attitude de Clopinard, vérifia-t-elle sa géniture ?
Nul ne sait, mais au bout de quelque temps un jeune

poussin se vit en butte lui aussi à la même mesure
rigoureuse d'expulsion familiale.

Maupattu, un petit poulet timide et chétif, au
cou maigre à peine emplumé, toujours grelottant
dans sa robe jaunâtre, fut chassé du giron par la
mère Choque qui, non seulement se refusa à l'admettre sous ses ailes et à lui apprendre à gratter,
mais le bannit aussi impitoyablement du troupeau
piaulant qui la suivait dans ses chasses et dans ses
promenades. Bien plus, chaque fois qu'elle le trouvait à portée de son bec, elle ne manquait jamais
de lui administrer des coups de pointe terribles, des
corrections qui auraient vite dégénéré en assassinat,
si la fermière, surprise et indignée de cette attitude marâtre, n'avait elle-même pris soin du malheureux abandonné.

Puis ce ne fut pas seulement Choque qui le prit
en haine, mais toute la nitée, qui, aux rassemble-
ments du déjeuner et du dîner, se précipitait en
bande sur l'isolé pour l'accabler de coups et le plu-
mer tout vif. Les autres poules elles-mêmes ne tardèrent pas à se joindre à cette horde féroce et à
refuser de l'admettre dans leur société et dans leur
voisinage.

Maupattu était banni de la gent gloussante et caquetante, bien qu'il piaulât comme les autres et qu'il fût issu d'un œuf identique à celui des petits frères tant choyés et défendus par la maman.

Clopinard, assez égoïste au fond et différent d'instinct des autres, ne souffrait pas beaucoup de son isolement, mais, quand le soir venait, le pauvre petit Maupattu criait de froid, de peur, de solitude et de jalousie inconsciente en voyant la cohue des autres se bousculer au guichet de l'étable pour rejoindre la mère, et, frémissant et pépiant, s'enfouir sous le large manteau de ses plumes hérissées et de ses ailes écartées.

La fermière, qui ne comprenait rien à cette haine des poules contre Maupattu, avait réuni le caneton au jeune poulet et chaque jour, quand la tribu avait mangé, elle les appelait à part près de la porte, et, dans un petit récipient de terre, leur donnait une pâtée de pomme de terre et de son qu'ils mangeaient ensemble, l'un piquant à coups redoublés, s'empâtant le bec, l'autre s'enfonçant jusqu'au cou dans la mangeaille, clappant des mandibules avec un tremblement perpétuel de la gorge décelant l'émotion d'une voracité gourmande jamais satisfaite.

Le soir venu, pour qu'ils n'aient pas froid dans le petit coin de l'étable, au pied du mur humide où ils se serraient, elle venait doucement les cueillir tout engourdis dans son tablier et les portait à la cuisine.

Sous le poêle, dans une corbeille où traînaient quelques flocons inutilisables de laine germée qui leur tenait bien chaud, elle les déposait à demi sommeillant, et, côte à côte, pépiotant à peine, ils s'endormaient parmi les rumeurs et reposaient d'un calme sommeil jusqu'au moment où la fermière matinale leur ouvrait sur la cour la porte de la cuisine.

Durant quelques minutes, ils étaient les maîtres du terrain et parcouraient leur domaine, en tous sens, mais, dès que le coquerico de Chantaigu montait plus sonore dans la rue, ils regagnaient prudemment les pierres du seuil et l'ombre du tilleul qui dominait l'entrée.

IV

Les poussins grandissaient, mais les haines s'in-

tensifiaient ; l'isolement des deux bannis était plus
rigoureux encore et la fermière enfin découvrit la
cause qui avait sans doute motivé cette mise au ban
du jeune poulet. Le petit Maupattu avait cinq doigts
à la patte gauche : un en arrière comme tous les
autres et quatre en avant, au lieu des trois réglementaires que possédaient tous les autres membres
de la tribu, et c'était cette infirmité plus disgra-
cieuse que gênante que lui reprochait si véhémen-
tement toute la gent galline choquée dans son sentiment de la norme, commun à toutes les espèces
de bêtes.

Maupattu était un monstre : l'instinct des poules, sévère comme les lois spartiates, lui déniait
le droit de vivre et de procréer parallèlement à sa
race une autre race voisine et peut-être rivale. Qui
sait ?...

Clopinard, lui, était presque toléré, car les poules, bien qu'elles n'eussent jamais vu de canards et
que celui-ci fût né fortuitement au milieu d'elles,
sentaient parfaitement, dans la différenciation immé-
diate de ses besoins d'avec les leurs, qu'il était
d'une race voisine ayant droit de vie au même titre
que les moineaux qui venaient s'abattre près d'elles

au moment des repas lorsque Mitis le chat était par hasard absent du seuil.

D'ailleurs Clopinard en grandissant, avait perdu toute espèce de timidité et ne se gênait pas pour s'aventurer en plein milieu du troupeau des poules où il pouvait braver les coup de bec qui s'émoussaient sur ses fortes plumes huilées.

Une camaraderie était née entre Clopinard et Maupattu et quand, après le repas, les poules quittaient la cour et se dispersaient, que les poussins allaient d'un autre côté suivant la mère, les deux parias, eux, partaient de compagnie, Clopinard se dandinant lourdement, Maupattu marchant à pas menus pour ne pas trop distancer son compagnon.

Les jours de pluie, Clopinard barbotait dans toutes les flaques, cuignant à bec large ouvert, soulevant ses plumes, heureux pleinement, tandis qu'abrité aux alentours son ami le regardait s'ébattre sans s'étonner outre mesure.

Les jours de soleil, tous deux se tenaient tranquillement devant la porte de la cuisine évoluant dans un cercle qui se restreignait ou s'élargissait, selon la proximité de leurs ennemies, mais ne s'éloignant jamais trop de la niche où Miraut le chien reposait roulé en rond, méditant, le museau sur ses pattes jointes, tandis que ses bons yeux mi-ouverts imbus de la quiétude qu'inspirent toujours les choses familières, suivaient leurs gestes monotones.

Quand apparaissait la fermière, qu'ils connaissaient bien tous deux, ils venaient aussitôt se planter devant elle et la regardaient, l'un coquetant la tête penchée, l'autre cuignant précipitamment en faisant remuer très vite les plumes de son petit bout de queue avec un air de satisfaction quémandeuse.

Alors la femme, qui les aimait en raison directe, des soins dont elle les entourait, retournait sur ses pas et, quand ils entendaient claquer le couvercle de la huche, ils frétillaient d'impatience en attendant la distribution des bouts de pain qu'elle partageait équitablement en les jetant de droite et de gauche alternativement ou en les faisant prendre dans sa main.

Maupattu plus leste et bon sauteur bondissait souvent sur l'épaule et picotait ses joues tandis que Clopinard, vexé au fond de n'en pouvoir faire autant, dressait droit en haut, en criant à pleine gorge, la spatule de son bec.

Quand la horde emplumée les voyait ainsi, tous
rappliquaient, espérant une distribution supplé-
mentaire, mais les deux parias ne s'en allaient pas,
assurés qu'ils étaient d'une protection supérieure,
et Maupattu cotcotant s'emplissait le jabot en ayant
l'air de les narguer, tandis que Clopinard ramassait
tous les morceaux tombés à terre trop près des
pieds de la femme complice pour que les autres
volatiles craintives ou méfiantes osâssent venir les y
ramasser.

Il s'ensuivait une jalousie qui augmentait encore
la haine naturelle de la gent contre le monstre et
contre l'étranger, et qui valait à Maupattu, vio-
lant son interdiction de séjour, de fantastiques
rossées auxquelles il n'échappait qu'en se préci-
pitant à la cuisine ou en se réfugiant presque dans
les pattes de Miraut. Alors le chien, dérangé de
son sommeil ou de sa rêverie de chasse par les
coups d'aile des glousseuses, poussait un grognement, troussait les babines et montrait les crocs.
Et Maupattu, peu rassuré lui-même par cette
attitude belliqueuse, et bien que le chien ne lui eût
jamais fait de mal, se hâtait de s'en aller hors
de la portée de sa dent, dès que ses poursui-

vantes avaient esquissé un mouvement de retraite.

V

Cependant, la couvée grandissait ; les poussins sentaient pousser leur crête et leur sang suffisamment chaud n'avait plus besoin, dans la tiédeur enveloppante de l'étable, des couvertures et de l'édredon maternels.

Ils grimpaient au perchoir et s'alignaient comme de grandes gélines de chaque côté de Choque, qui veillait à leur installation et ne se laissait aller au sommeil, les pattes repliées sur les cuisses, qu'après s'être assurée de la tranquillité de tout son petit monde.

Maupattu et Clopinard logeaient toujours à la cuisine côte à côte sous le poêle d'où l'on avait retiré la corbeille, maintenant que leurs plumes suffisamment fournies leur permettaient de supporter sans inconvénients la température de la nuit.

Eux aussi devenaient forts.

Un matin il y eut par toute la basse-cour un grand remue-ménage. D'une grande caisse d'osier

d'où sortaient des « coin coin » la maîtresse lâcha
une demi-douzaine de canards. La tribu des poules, qui n'avait jamais vu d'autre représentant de
cette race que le jeune Clopinard, fut ahurie de
cette invasion.

Les clopinants, qu'on laissa d'abord enfermés
une bonne huitaine pour les accoutumer aux âttres,
prirent possession de tout le rez-de-chaussée de
l'étable avec un sans-gêne qui déplut fortement
aux premiers occupants emplumés du domaine.

Chantaigu, le mâle et chef, surtout fut très vexé
et froissé et il le manifesta en s'ébrouant violemment
et en cotcotant de colère, mais il n'osa pas seul
s'aventurer contre toute cette horde, évoluant en
rangs serrés, barbotant il ne savait quoi dans la
rigole de purin en agitant des pattes et en clappant
du bec. Ces plumeux-là devaient avoir à leur
disposition des armes redoutables et il était prudent
de ne pas se hasarder à la légère. Pourtant sa
colère ne pouvait se passer sans cogner. Ce fut
Clopinard qui écopa.

Reconnaissant une parenté entre les intrus de
l'étable et l'étranger bas sur pattes de la cour, il
lui fondit dessus au moment où l'autre s'y atten-

dait le moins et avec toutes ses poules se mit à cogner du bec sur le jeune canard. Clopinard, déjà fort, ne voulut pas se laisser faire et, de sa petite tête ronde, s'évertuant sur ses pattes pour mieux lancer le cou, il se mit à frapper d'estoc lui aussi et à pincer de son large bec les plumes et la peau des dames gélines, qu'il fit bel et bien piailler de douleur.

Force lui fut pourtant devant le nombre de se retirer à la cuisine, son château fort où Maupattu, plus agile, l'avait précédé dès le premier cri de guerre de Chantaigu.

Encouragé par cette facile victoire, dès que le soleil couchant l'eut ramené à l'étable avec les poules et les poussins, le grand coq voulut châtier une bonne fois l'insolence des canards dont l'encombrante présence blessait si fort son impérialisme de basse-cour...

Sans raisons, il chercha noise au premier venu en lui décochant un bon coup de pointe sur la tête.

L'autre, ahuri de cette attaque, poussa un « coin-coin » de douleur et battit en retraite. Alors Chantaigu n'hésita plus et, immédiatement, sonnant la charge, donna à fond de train sur les clopinants, suivi de tout son sérail emplumé.

Les canards, surpris de cette brusque attaque, s'enfuirent pour gagner le coin opposé de l'étable où ils espéraient se cacher et ils partirent, tordant le derrière, s'évertuant l'un devant l'autre, le cou tendu, le bec ouvert. Mais, comme ils ne gagnaient pas de terrain et n'évitaient pas les coups, ils comprirent que la tactique était mauvaise et presque simultanément se retournèrent pour répondre à la violence par la violence et rendre coups pour coups.

En triangle, le bec ouvert, solidement campés sur leur large base, ils lancèrent le col en avant, bourrant les poitrails des glousseuses de toute la force de leurs vertèbres se détendant avec fureur ; puis, dans les larges tenailles de leur bec corné, ils saisirent partout où ils purent les atteindre les poules audacieuses qui les serraient de près.

Ce fut une mêlée. Emportée par l'élan, l'armée de Chantaigu vint buter contre ces piliers qu'elle ébranla à peine et il y eut des coups de bec terribles, et des têtes qui se secouèrent et des croupions qui frémirent. Cependant, six des gélines, solide-

ment pincées, qui par la patte, qui par l'aile ou les
plumes du cou, voire par la crête, se mirent à
piauler et à râler de douleur devant la résistance
d'adversaires qui ne voulaient pas lâcher. Chantaigu, la crête au vent, les ailes soulevées, avait
beau cogner de ci, cogner de là, selon les gémisse-
ments d'appel de ses femmes, les canards serraient
et pinçaient, les prisonnières piaillaient et les autres,
ahuries, regardaient ne sachant plus que faire.

Par toute l'étable, c'était un vacarme assourdis-
sant de « roc-codè », de coin-coin, de meuglements,
de bêlements, de grognements la vieille jument
hennissait, les chaînes bruissaient, les pieds frappaient, les cornes heurtaient les crèches, le fumier
volait de tous côtés, car toutes les bêtes attachées
à leur ratelier ou emprisonnées dans leurs huttes
et énervées de stabulation étaient comme folles ou
ivres de ce spectacle si rare, et chacune en son jargon criait, meuglait, hennissait, grognait, bêlait pour
encourager ou applaudir ou exciter les combattants.
Peut-être aussi que l'instinctif et primordial besoin
de bruit et d'activité qui sommeillait en elles, en-
gourdi par des siècles d'esclavage, se réveillait à
cet exemple et, pour une dernière révolte, agitait

10.

leurs forces vives endiguées, en une tempête de
gestes et un tumulte vain de cris qui ressuscitaient
un peu des joies plénières goûtées dans la liberté
des premiers âges.

Mais la fermière, ouvrant la porte brusquement,
par une distribution équitable de coups de trique,
remit de l'ordre parmi ses tributaires et parqua
chacun dans son coin.

VI

Le lendemain, comme la lutte de la veille avait
suffisamment éveillé en eux l'amour du logis, ren-
forcé des habitudes et consacré pour ainsi dire un
droit d'occupant conquis à la force des mandibules,
les deux battants de la porte furent ouverts aux
canards.

En troupeau serré, titubant sur les pattes, ils
visitèrent les environs de la ferme, la tête en l'air,
comme des étourdis, mais ne perdant tout de
même pas une occasion de lapper un coup de droite
ou de gauche ni de barboter dans les flaques des
alentours.

Clopinard, plongé dans la rigole du fumier, entendant un cri semblable au sien, s'arrêta net du coup, dressa la tête, tourna le bec et répondit immédiatement au cri de quête de sa race par un sonore « coin-coin ». Bientôt il fut entouré de toute la tribu à laquelle il se mêla sans hésiter, frétillant du croupion, balançant le cou, heureux de cette famille miraculeusement retrouvée par delà le mystère de l'œuf dont il était issu et qu'il reconnaissait aussi spontanément que s'il eût vécu au milieu d'elle depuis son évasion de la coquille natale.

Maupattu, qui grattait la terre à côté voulut, lui aussi, se joindre à la famille, mais la horde des larges becs, qui ne faisait pas en sa faveur les subtiles distinctions de la tribu gloussante, reconnaissant une parenté indéniable entre celui-là et les assaillants de la veille, le repoussa vigoureusement, sans que Clopinard, l'abandonnant dans son bonheur égoïste, fît le moindre coin-coin pour plaider et défendre la cause de son ancien frère de misère.

Maupattu, expulsé du fumier, se rapprocha du seuil de la porte, près de la cuisine dont il allait être, à l'avenir, l'hôte solitaire car, le soir venu, Clopinard, fort de son adoption, suivit ses congénères à l'étable, où il s'installa à demeure.

Dès lors Maupattu devint hargneux.

Maître du seuil, il s'en constitua le gardien, et secondé par Miraut, en interdit l'accès et l'approche à tout le peuple emplumé. Quand un petit frère, désœuvré depuis que la mère les avait quittés, et ayant perdu de vue le reste de la petite troupe, venait se coucher sur le flanc, au soleil, à proximité de son poste, il s'élançait vivement sur lui et ne manquait pas de l'expulser avec une violence vengeresse digne des rossées qu'il avait reçues.

Il était maintenant plus fort que les autres, car son infirmité, qui l'avait fait bannir de la société des poules, par un juste retour des choses, en avait fait le favori des humains qui le gavaient, à chaque occasion, de pâtée, de graine ou de pain.

Aussi sa crête rouge poussait-elle dru sur sa tête et son chant était-il plus clair et plus soutenu que celui des autres jeunes poulets.

Ceux-ci, d'ailleurs, commençaient à faire connaissance avec les vicissitudes de la vie. Ils craignaient le coq Chantaigu qui, pressentant en eux des rivaux, les attaquait sous les prétextes les plus futiles chaque fois qu'ils se trouvaient sur son chemin; aussi évitaient-ils sa rencontre de même qu'ils fuyaient la fréquentation des vieilles poules, sujets d'éternelles jalousies, se contentant de se promener entre eux par petits groupes ou avec les sœurs de leur nitée aux formes fluettes, aux petites crêtes fermes et droites, maugré qu'ils leur eussent préféré les pondeuses mûres dont les crêtes plus larges et plus rouges retombaient sur leurs têtes comme des appas déjà flétris.

Mais Chantaigu veillait jalousement sur son sérail, auquel il annexait petit à petit les jeunes poulettes dès qu'il les trouvait dignes de son hommage.

Les petits coqs se promenaient entre eux, souvent solitaires, n'osant s'aventurer trop près de la cuisine, car Maupattu, qui ne manquait ni de bec ni de griffes, n'hésitait pas alors à leur livrer bataille et, sauf les cas d'intervention soudaine d'un autre membre de la gent solidaire dans sa haine, il avait toujours le dessus.

VII

Ces petites luttes occupaient la vie du paria,

qui, sans exemples immédiats, préoccupé depuis longtemps du grand souci de sa défense, sentait beaucoup moins vite que les autres, l'éveil de l'instinct sexuel.

Ce fut vers ces temps que se produisit dans la basse-cour la révolution annuelle qu'il savoura comme une vengeance. Un beau matin, à l'heure du repas, tous les jeunes poulets et quatre ou cinq vieilles poules furent, malgré des cris plaintifs et de violentes protestations, râflés par la fermière, et disparurent pour toujours. L'estropié resta seul mâle avec Chantaigu, seigneur et maître du troupeau. Quant aux canards, indifférents à tout ce qui n'était pas nourriture, ils laissèrent passer la rafale sans rien dire et continuèrent à faire bande à part, toujours encombrants et voraces, mais tolérés tout de même de gré ou de force.

La queue de Maupattu s'arrondissait en s'allongeant, ses plumes se vernissaient, son poitrail se bombait, sa crête se dressait comme un rouge cimier; il devenait coq et mâle et suivait avec un intérêt croissant les évolutions amoureuses de son puissant aîné Chantaigu autour des vieilles gélines et des jeunes cocottes.

Un trouble grandissant le redressait, les muscles roides, et le rendait audacieux. Il en négligeait la défense de son seuil qu'il abandonnait de plus en plus pour se rapprocher des glousseuses isolées, accroupies dans la poussière ou vautrées dans la cendre, se grattant le cou de leur patte ou piquant de ci de là.

Aucune, en l'absence de Chantaigu, n'aurait tenté seule de le renvoyer à sa cuisine, car il était fort maintenant ; son attitude était imposante, et toutes plus ou moins, en voulant s'approcher du seuil, avaient déjà éprouvé la vigueur de son cou et la dureté de son bec.

Alors il fit le galant, piqua des graviers, gloussa pour en offrir aux pondeuses, chanta très fort, s'éleva sur les pattes en battant des ailes et voulut enfin rendre à l'une d'elles l'hommage dont chaque matin les honorait Chantaigu. Mais la femelle refusa formellement de se prêter à ce jeu, elle se tourna bec à bec et, comme il insistait, défendit courageusement sa vertu en piaillant et en frappant.

Furieux de cette résistance, Maupattu voulut la châtier, comme il faisait devant son seuil, mais

toute la famille présente lui tomba dessus avec une
touchante unanimité; Chantaigu lui-même, qui po-
lissonnait avec un poulailler voisin, arriva à la rescousse, essoufflé, furieux et gloussant, et le jeune
coq, traînant les ailes et baissant la queue, fut repoussé jusqu'au fond de la cuisine où la fermière
couvrit sa retraite en brandissant un balai devant
les envahisseurs.

Maupattu dut se résigner à l'isolement, mais au
fur et à mesure qu'il devenait mâle aux besoins
impérieux, aux gestes saccadés, au majestueux
port de tête, que ses larges barbillons rouges s'é-
talaient jusqu'à balayer le sol quand il mangeait,
son célibat forcé lui pesait.

Aussi quelques jours après sa malheureuse équi-
pée, tourmenté de désirs ardents, fort de sa taille
avantageuse, d'un bec solide aiguisé aux dalles
de la cuisine, d'ergots longs et pointus, il partit à
l'écart et gagna derrière la maison le grand verger
mystérieux dont il n'avait jamais approché.

Le troupeau de Chantaigu quêtait d'un autre
côté, car on lui interdisait l'entrée de l'enclos solitaire qu'une barrière rustique de branchages fermait du côté de la cour. Le jeune coq s'y glissa par

un passage étroit remarqué depuis longtemps et qui
avait été frayé par son rival.

VIII

Parmi les hautes herbes humides, dressant leurs
plumets guerriers qui dépassaient en hauteur son
rouge cimier de chef, il avançait gravement, prudent comme un explorateur au sein d'une forêt
vierge naine, mouillée et bruissante de vies mystérieuses. Le regard aux aguets des clairières d'an-
dains, il examinait en passant la faune familière et
grouillante des insectes qui s'ébattaient parmi ces
fourrés verts et ces taillis élastiques, aux sveltes
futaies se balançant aux souffles ténus et tamisés
du vent qui coulait à travers les branches des
grands arbres où se nouaient les fruits.

Quel beau canton de chasse ! quelle admirable
réserve, et comme il eût empli vivement la grande
gibecière de son jabot qui pendait à demi vide
sous les plumes dorées de son cou ! Et de temps à
autre, pris entièrement par cette passion atavique
et instinctive, il donnait sur les fûts des grandes gra-

minées, sur les colonnes creuses et cannelées des
ombellifères où grimpaient des pucerons, des mouches, des coccinelles et quantité d'autres vermines
de grands coups d'estoc qui cassaient les tiges ou
faisaient saigner les sèves odorantes.

Mais, repris par son idée fixe et son primordial
et impérieux besoin d'une femelle, il reprenait en
avant sa marche vers les enclos voisins.

Une haie vive, hérissée d'épines, lui barra la
route. Les vieux troncs noueux, épais, rabougris,
serrés en palissade enchevêtrée se couvraient d'un
large chapiteau, aux formes compliquées, massive
et géante chevelure verte, frisée en petites feuilles
dont le vent du matin agitait les tiges folles comme
de longs cheveux flottants.

Maupattu prit du champ en arrière pour embras-
ser d'un coup d'œil d'ensemble cet obstacle imprévu, chercher la faille dont il pourrait profiter ou
calculer si l'élan vigoureux de ses pattes, secondé
d'un solide coup d'aile, ne pourrait le porter par delà cette frontière de la terre promise à ses amours.

La haie se prolongeait au loin jusqu'à la limite où
ses yeux atteignaient et il resta là un instant fixe, immobile, réfléchissant, dardant sa crête rouge comme

un ardent coquelicot entre les capitules mauves et anémiés des grandes scabieuses.

Alors il se rapprocha de nouveau de la haie qu'il se mit à longer patiemment pour y trouver un passage.

Il marcha longtemps le col baissé pour ne pas s'égratigner aux rets de ronces qui pendaient d'en haut; il rencontra des limaces avançant prudemment dans leurs longues robes de couleur jaune ou brique à petits plis soigneusement repassés, et marquant comme Petit Poucet d'une frai gluante le chemin suivi; des escargots, calmes explorateurs, sondant leur horizon des quatre longues-vues de leur double paire de cornes, les rengaînèrent vivement en l'entendant marcher; des cloportes bousculés dans leurs loges humides sous des morceaux de bois pourri s'agitèrent de tous côtés en allongeant les antennes, mais il dédaigna tous ces êtres, nouveaux ou déjà connus, tout à son travail et à son désir.

IX

Enfin sa patience fut récompensée. Entre deux

montants noueux, moins serrés, il engagea la tête
et le cou, et, tirant un peu, laissant quelques plumes comme péage, il franchit l'obstacle. Le même
verger s'offrait à lui, riche de verdure et de gibier,
mais dans un bas-fond, là-bas, au soleil grattant et
piquant, sans maître, un troupeau de poules s'é-
battaient.

Son cœur en lui sauta plus fort, sa crête s'empourpra, sa belle queue aux plumes multicolores
se dressa droit en l'air comme une faucille frisson-
nante, et fier, dans l'attitude la plus avantageuse,
marquant le pas, il approcha des amoureuses qui
tournèrent curieusement la tête de son côté en
entendant son gloussement galant.

Maupattu eut vite fait son choix et après avoir,
par un sentiment instinctif de coquetterie, tourné
un peu autour de la belle, il lui sauta vivement sur
le dos ainsi qu'il avait vu faire et qu'il sentait qu'il
devait agir. La poule, qui ne le connaissait pas,
s'abandonna à sa chevauchée et s'accroupit pendant que les griffes du mâle se contractaient parmi
ses plumes.

A ce contact qui lui parut anormal, l'amoureuse
eut un mouvement pour le jeter bas, comme de

répulsion, d'autant que le novice n'avait pas, en opérant, l'habileté que sa taille avantageuse et sa superbe prestance semblaient promettre.

Mais Maupattu, cramponné fébrilement, n'eût lâché pour rien au monde et l'acte eut lieu violent, silencieux et bref. Toutefois, lorsque, retombé à terre, il voulut chanter sa victoire, la femelle, qui sans doute avait éclairci les soupçons que le contact de la patte du galant avait fait naître en elle, lui lança traîtreusement en travers des barbillons un maître coup de bec en poussant un gloussement inattendu de colère qui fit dresser la tête aux autres compagnes, habituellement indifférentes à l'acte d'amour qu'elles voyaient à chaque instant se perpétrer sous leurs yeux.

Cette gifle coupa dans le bec le chant de Maupattu, tandis que par imitation ou par solidarité toute la communauté se mettait à glousser de rage et que l'on entendait le cri de guerre de Chantaigu interrogeant de loin sur les causes de cette émotion inopinée.

Maupattu ne voulut pas avoir l'air de fuir. Il resta là parmi les poules, voulant imposer de force sa domination, quand à travers la haie, se dressant parmi les épis et les fleurs, la tête fière du grand coq apparut.

Reconnaissant le proscrit, et devinant à l'attitude de ceux qu'il avait devant lui tout ce qui s'était passé, il eut dans la gorge un cri étouffé de colère et s'élança sur Maupattu. Mais celui-ci, à qui sa victoire amoureuse, si mitigée qu'elle fût, conférait une royauté et donnait toutes les audaces, lui tint tête courageusement.

Les adversaires, poitrail contre poitrail, bondissant sur leurs pattes, se sautaient dessus mutuellement, cognant sans répit avec une ardeur féroce, s'entaillant la crête, se pinçant les barbillons, s'arrachant les plumes sans qu'on pût savoir quel serait, du vieux ou du jeune, celui qui aurait raison de l'autre.

Mais les poules ne tardèrent pas à s'en mêler. Elles prirent parti contre le paria qui fut assailli de tous les côtés à la fois, piqué, lardé, plumé, déchiré, et, après une dernière réplique à son vainqueur, s'enfuit piteusement, poursuivi par Chantaigu. Serré de près par le vieux coq et par tout le troupeau, affolé des coups reçus et à recevoir, il n'hésita pas à tenter un formidable essor par-dessus

la haie qu'il franchit lourdement, le cou en avant,
les ailes claquantes, les pattes repliées, et retomba
dans son verger parmi les remous d'herbes humides qui s'ouvrirent brusquement sous l'étrave de
son poitrail pour se refermer derrière lui, tel un
long sillage vert d'eau vibrante et animée.

La horde, arrêtée par la haie, cessa la poursuite
et Maupattu, dégrisé un peu de ce premier exploit,
put regagner sans encombres son hospitalière
cuisine.

X

Dès lors, il fut surveillé avec soin par son rival,
en même temps qu'un mot d'ordre secret devait
circuler parmi les tribus de poules d'alentour qui
ne le voyaient plus apparaître sans pousser des
cris particuliers, un gloussement convenu assez
analogue à celui qu'elles jetaient quand elles sentaient peser sur elles l'emprise de quelque grand
oiseau de proie ou qu'elles éventaient le voisinage
de quelque bête puante.

Maupattu, qui avait connu la femelle, exaspéré

par la continence forcée que la coalition sexuelle
des grandes dames gélines l'obligeait à garder,
séchait de colère sur pied et devenait plus hargneux que jamais avec celles qu'il pouvait attraper à proximité du seuil ainsi que pour les canards
qui osaient venir s'empiffrer dans son plat de pâtée. Il rossa même fortement son ancien ami Clopinard qui, confiant dans leur vieille camaraderie
et oublieux de sa conduite égoïste, s'en était venu
un jour, sans défiance, nettoyer l'assiette où ils
mangeaient ensemble du temps de leur commune
misère.

Confiant en l'agilité de ses pattes, il le poursuivait beaucoup plus loin que d'habitude, sachant
bien que, quand l'armée ennemie se précipiterait
sur lui, il pourrait toujours regagner à temps son
infranchissable pont-levis et son retrait favori près
du cendrier de pierre de la grande cuisine.

Mais son audace devait lui devenir fatale.

XI

C'était un jour de Juillet. Après une semaine

torride, dont les fermiers avaient profité pour fau-
cher le foin, un violent orage s'était abattu la
veille sur le canton, une trombe d'eau passagère
suivie d'une petite pluie bienfaisante et douce qui
avait chu toute la nuit.

Dans les jardins où s'étiolaient les plantes, où
les feuilles pendaient, lamentables et chiffonnées,
où les fleurs séchaient, salies, une nouvelle vie semblait jaillir.

Les vers, descendus dans les profondeurs, rap-
pelés par le tambourinement de la pluie frappant le
sol, remontaient en hâte les parois de leurs boyaux
circulaires; les tiges se redressaient ragaillardies,
portant fièrement leurs panaches ; les fleurs se
rouvraient comme si une bienfaisante blanchisseuse
eût lavé et repassé leurs collerettes salies de poussière et de chaleur. Les moineaux cognaient furieusement sur les pieds de choux où se traînaient
les chenilles vertes des blancs piérydes, et les poules rôdaient tout autour cherchant tous les moyens
de s'introduire elles aussi dans les plates-bandes.

Au bout des chéneaux de tôle cravatant le toit,
sous le tuyau de descente qui avait craché à pleine
ouverture comme le satyre aux joues gonflées de

11

la fontaine communale, la fermière pour recueillir
de l'eau avait disposé une grande ronde, fabriquée
en sciant en deux moitiés égales un vieux fût de
vin dont on ne se servait plus.

Les meules serrées, là-bas, dans la prairie dé-
fiaient l'averse et tous s'étaient couchés de bonne
heure, en attendant le soleil de la prochaine aurore.

Le jour s'était levé très pur, l'azur lavé, plus bleu
au zénith, plus gris à l'horizon, semblait verser la
lumière et la chaleur à pleines écluses.

Le village peu à peu se vida. Vers midi tous les
hommes de la ferme partirent pour les champs, et
une ou deux heures après, la fermière, elle aussi,
après avoir sans réfléchir fermé à clé la porte de la
cuisine, s'en fut leur porter dans de grands cabas
de paille des provisions de pain et surtout de
liquide.

Profitant de cette suspension de surveillance les
poules conduites par Chantaigu franchirent toutes
la haie et se mirent d'un commun accord à chasser
par le jardin et à le ravager de fond en comble.

Le jeune coq lui aussi, attiré par cette glèbe de
juillet aux capiteuses émanations, se rappelant la

grande aventure du verger, s'était éloigné du seuil, et, à l'écart, piquait avec entrain des mouches et des papillons bleus dont un essaim fou voltigeait et se posait autour d'une flaque de purin à demi desséchée.

Une poule passa, qui allait rejoindre les autres, mais, entraînée elle aussi par la passion de la chasse, elle se rangea près de lui pour partager son butin. Cette vue et cette proximité rallumèrent en Maupattu les ardeurs amoureuses et, sans rien dire cette fois, il lui sauta dessus pour un viol audacieux et résolu.

A cette attaque, Picorée, oubliant les papillons et la chasse, se mit à piailler à pleine gorge et aussitôt toute la tribu, dressant le bec, quitta précipitamment le carré de jardin qu'elle dévastait pour porter aide et protection à l'assaillie.

Maupattu entendit le vacarme de l'armée gloussante et, dégringolant à terre, s'élança de toutes ses pattes vers la cuisine, toute la bande à ses ergots.

Horreur ! La porte était close et Miraut n'était pas dans sa niche. Il cogna du bec, il piailla, il appela ! Rien ne bougea à l'intérieur, et les autres arrivaient !

Pif! paf! les coups se mirent à pleuvoir sur lui drus comme grêle. Alors il se sauva en arrière, assailli de droite, assailli de gauche. Il vola contre une fenêtre close qui ne s'ouvrit point, et retomba, le poitrail meurtri du choc, en plein milieu de la horde qui, heureuse de le tenir enfin à sa merci, frappait avec un acharnement cruel.

Affolé, il sauta, vola, courut d'un côté, d'un autre, n'évitant pas les coups de pointes. De plus en plus fou de peur et de souffrance, il voulut voler sur le toit bas du hangar, manqua son coup, roula à terre, s'abimant une patte et, tirant la cuisse, repartit, entouré de becs qui, de tous côtés, frappaient, cognaient, pinçaient et arrachaient.

Près de la gouttière, il sauta et vola encore une fois pour échapper à la mêlée et tomba juste en plein milieu de la cuve d'eau, profonde de plus d'un mètre, sur le bord de laquelle toute la cohue de ses assaillants sauta elle aussi.

En sentant la fraîcheur du liquide, Maupattu battit des ailes pour échapper à ce nouveau péril, mais le malheureux, sans point d'appui pour prendre l'élan et lourd du devant, bascula sur lui-même la tête plongeant, tandis qu'en cercle tout autour

Chantaigu et les poules essayaient encore de l'atteindre et de le percer de coups de pointes.

A deux ou trois reprises, des efforts convulsifs et désespérés lui jetèrent le cou hors de l'eau où il reprit péniblement son souffle, puis battant des pattes et des ailes, pirouettant toujours sur la tête comme en proie à un vertige mortel, il resta définitivement le bec dans le liquide, le corps flottant, le croupion en l'air, noyé, au centre de tous les becs de ses ennemis qui le menaçaient encore dans la mort.

En rentrant au logis, la fermière en vain attendit Maupattu qu'elle appela longtemps : « Petit, petit », mais Maupattu ne répondit pas à l'appel de la seule créature qui l'avait aimé.

Et quand, à la brune, un domestique, parti pour arroser le jardin, rapporta le corps du poulet qu'il venait de trouver noyé dans la ronde, la brave femme, hochant la tête avec pitié, dit simplement :

« Ce pauvre petit, il était né de malheur ! »

LE CHATIMENT DU PILLARD

A Elémir Bourges.

Quand la colonne de marche des hirondelles du
dernier canton des bois clairs, précédant de quelques soleils celle du premier canton des sapins,
arriva à l'endroit où la ligne télégraphique quitte
le blanc ruban de la route pour chevaucher l'ados
herbu, jalonné de murgers, où se fait le rassemblement d'automne, il y eut, à l'arrière, un tassement et
de grands cris, puis les premières poursuivirent leur
route et celles de la queue s'affaissèrent comme si
une invisible main eût tranché en l'effilochant
cette écharpe aérienne du printemps, balayant
l'azur.

Sur les fils où elles s'étaient posées jadis, elles
s'installèrent un instant, difficilement, embarras-
sées de leurs longues ailes, et, après avoir salué
d'une triple salve de pépiements le reste de la
colonne ailée qui gagnait vers l'orient ses canton-

nements d'été, elles se regardèrent toutes joyeuses
en gazouillant de bonheur.

Les toits vermillons du village flambaient dans
la perspective de la combe sous les cascades du soleil à demi bouché par des nuages d'or qui canali-
saient sur la vallée un large triangle blond de chaleur et de lumière tel qu'en verse l'œil qui repré-
sente Dieu le Père dans les vieilles estampes. Les
premières feuilles revêtaient de leur toison verte
la grande carcasse de la forêt de la Côte; on allait
retrouver aux encoignures des fenêtres, sous les
auvents d'aisseaux ou de tuiles, les vieux nids, on
allait distribuer aux nouvelles les fenêtres libres,
c'est-à-dire donner aux filles dont les parents étaient
morts durant le long voyage vers les terres chaudes,
par delà les plaines mouvantes où l'on s'enfonce à
jamais, les logis vides, et maçonner pour les autres
des maisons neuves dans les angles vacants.

Une émotion vague les envahissait à la veille de
retrouver les toitures hospitalières qui avaient abrité
depuis des étés et des étés les générations de vieilles
migratrices aux vastes ailes dont les antiques aïeules,
compagnes peut-être des hommes des cavernes,
avaient suivi ces êtres étrangers, obscurément sym-

pathiques dans leurs cabanes de bois et de boue,
d'abord, puis, dévalant les âges, jusqu'à ces mas-
sives bâtisses de pierre offrant à leur ingéniosité
de crépisseuses de multiples et solides fondations.

Balancées sur l'interminable fil qui pliait sous
leurs pattes entre les deux grands poteaux, sou-
cieuses de leur équilibre, elles se lustraient un instant les plumes pour prédisposer par une toilette
rudimentaire les choses et les êtres à un accueil
favorable.

Bientôt au loin, l'avant-garde qui les avait pré-
cédées de quelques jours pour reconnaître les logis et dresser le plan des travaux de l'année, ayant
entendu le sifflement d'adieu des arrivantes, apparut, fendant l'espace où les ventres blancs faisaient
des taches mates sur le chatoiement violacé de leur
capuchon noir et de leur vaste pèlerine.

Tui ! tui! Et sans élan, se laissant comme glisser dans l'air, leur élément, les ailes en faux ou-
vertes, toutes les voyageuses, reconnaissant les
aînées, se portèrent à leur rencontre en coups de
rames souples qui semblaient caresser dans l'espace d'invisibles courbes de grâce et de sveltesse.

Les vieilles maisons hospitalières les attendaient,

respirant à pleines baies la chaleur et la lumière, et
le vieux clocher aussi, bon chevalier casqué de tôle,
qui abriterait sous son armet luisant la noire colonie des cousins, martinets au langage criard, qui,
plus frileux qu'elles encore, les suivait par derrière
à quelques soleils de distance.

Par leurs sentiers aériens, en dehors des routes
du vent qui coulait de leur côté entre d'invisibles
berges, se déplaçant selon de capricieux remous
et débordant en mascarets tempétueux qu'elles savaient toujours prévoir, elles partirent toutes babil-
lantes et gaies vers leurs anciennes demeures où
des cris joyeux d'humains saluèrent leur retour
prometteur de soleil.

II

A l'entrée du village, toute la colonne, docile à
la vieille coutume et impatiente de reconnaître les
lieux familiers, se disloqua d'un seul coup, et, par
escouades de quartiers se divisant en ruelles et en
maisonnées, s'en fut retrouver les hamacs de glaise
suspendus, pour ressaisir le fil de la vie passée,

renouer les amours anciennes aux amours futures
et oublier, en touchant au but, les fatigues de la
saison transitoire de leur long et dangereux voyage.

. Quand elles eurent, par cette pieuse cérémonie,
sacrifié à l'antique devoir et pris une première idée
d'ensemble des réparations à faire et des construc-
tions à édifier, elles s'accordèrent une trêve de
repos durant laquelle elles se promenèrent par
tout le pays, visitant les lieux familiers, les hauteurs connues, les cantons giboyeux, les cheminées
amies, et gobant au hasard de leur promenade
aérienne, le bec large ouvert, les premiers moucherons, nés des jeunes chaleurs, qui dansaient dans
le soleil.

Au soir venu, toute la tribu réunie dormit au
centre du village sous l'auvent d'aisseaux d'une
maison vide, proche de l'abreuvoir où les bœufs
alourdis d'avoir traîné la charrue s'en vinrent par
lentes théories des quatre routes du pays.

Lourds et graves, ils meuglaient longuement vers
le soleil, puis trempaient tour à tour dans l'eau,
pour de larges et profondes aspirations, leur gros
mufle carré aux naseaux fumants.

La nuit reposante tomba sur le sommeil des

12

voyageuses bercé au susurrement de la fontaine
dont l'onde monotone mesurait seule le pur silence
illuné.

Avant le jour, quand les étoiles pâlirent à l'orient
sous la clameur de lumière radieuse de l'aurore et
devant que les merles du bois eussent commencé
leurs roulades, elles entamèrent leur gazouillis.

De petits cris d'abord jaillirent comme des jalons
de chant plantés dans le silence autour desquels
des rondes harmonieuses peu à peu se dessinèrent,
s'enlacèrent, s'entrecroisèrent comme une danse
frémissante au rythme insaisissable, ondoyant et
nombreux qui s'amplifiait peu à peu de joie à mesure que montait la lumière.

C'était le premier grand conseil, on s'était féli-
cité du jour et du soleil, souhaité bonne chasse et
bonne saison et distribué la besogne. Bientôt les
anciennes, entrant dans l'espace, ouvrirent le jour
de rapides sillages et montèrent pour découvrir,
dans des abris aériens insoupçonnés de ceux d'en
bas, et hors des coulées de vent, les premiers chœurs
d'insectes parmi lesquels les becs voraces faisaient
d'impitoyables trouées. Les autres les suivirent,
quêtant elles aussi la pâture encore rare, ou bien

enlaçant sur le miroir du bassin circulaire où l'eau
écumait près du jet des cercles rapides et variés.

Puis, par groupes joyeux, par équipes de quartiers ou de maisons, elles s'espacèrent et gagnèrent
leurs cantonnements respectifs pour s'occuper sans
retard des travaux à effectuer avant les amours.

III

Les nitées réunies pépiaient, battant des ailes
autour des loges de glaise que la mère visitait elle-
même, éprouvant en s'y suspendant la solidité des
vieilles murailles, pénétrant dans le nid pour y
peser de tout son poids, cherchant les failles à
rejointoyer, les blocs à cimenter, les trous à rebou-
cher, fouillant les vieilles paillasses pour démôler
ce qu'il y avait à rejeter de ce qu'on devait conserver, montrant aux ouvrières ce qu'il fallait faire,
donnant des ordres et travaillant, elle aussi, de
toute son activité joyeuse.

On commença par vider les nids et assainir les
maisons.

La petite patte de la travailleuse poussait du

dedans au dehors les brins noircis, les plumes mortes, les fientes sèches et tous ces débris encombrants ou nuisibles tombaient en dessous, jonchant
les rebords extérieurs des fenêtres, tandis qu'aux
alentours, les aides, rasant les haies, les murs et
le sol, cueillaient dans leur bec ou dans leurs pattes et mettaient en réserve entre les solives, à proximité de la bâtisse, les morceaux de laine, de
crin et de foin dont on carderait, le moment venu,
les matelas des oisillons à venir.

Puis toutes, apportant leur gorgée de platras,
coopérèrent au rejointoyage des murailles.

Quand ces travaux furent finis et que se réunit
de nouveau le conseil général de la colonie, il se
trouva qu'une douzaine de ménages n'avaient pas
de logis.

Alors les vieilles aïeules et maîtresses maçonnes
conférèrent entre elles, et, s'étant partagé la direction des chantiers, décidèrent de commencer du
côté du soleil, et dès l'aube prochaine, les travaux
de construction. Puis on alla reconnaître les lieux,
choisir les orientations, jeter les bases des fondations
et chercher à proximité les carrières de glaise et
de boue d'où l'on pourrait extraire les matériaux.

Le lendemain, toute la gent réunie se mit à l'œuvre; trois bâtiments furent commencés en même temps.

Nérotte la doyenne, la vieille maçonne, établie dans une encoignure abritée des vents humides, presque collée à la paroi lisse de la pierre de taille d'une large baie, se soutenant des ailes et de la queue aussi, comme les pics qui grimpent aux arbres, recevait des aides actives, se succédant sans discontinuer, les gorgées de mortier faites de sable et de salive qu'elle étalait sur sa pelletée robuste, pierre angulaire de tout l'édifice, soigneusement triée et triturée par elle, et hardiment jetée entre deux arêtes aiguës de l'angle de la muraille sur de presque imperceptibles soubassements de roc.

Une à une les aides rappliquaient, sifflant aigument, battant des ailes, et jetaient à la maçonne les gorgées de crachat humide qu'elle étalait en couches égales.

Cela dura un long moment, puis Nérotte, affamée et lasse, accorda à ses ouvrières un instant de repos, et pour se délasser de son immobilité crispée, elle se laissa glisser dans l'air, les ailes étendues,

planant et virant en imperceptibles et silencieux
battements.

Quand, au bout d'une journée de labeur coupée
de nombreux repos, de solides fondations adhé-
rant fortement au mur furent jetées, chacune à
son tour se chargea de l'exécution des travaux
de maçonnerie et Nérotte comme les autres alla
vers la prochaine carrière pour y quérir sa pelletée.

Mais sur les bords où le travail doit être plus
minutieux et à toute épreuve, c'était toujours elle,
la savante, qui posait la première assise pour
qu'elle adhérât solidement.

Alors la muraille hémisphérique monta rapi-
dement car, du bec et des pattes, maintenant
toutes apportaient les matériaux. Il n'était plus
indispensable que toute la boue fût triturée de
salive et les équipes sifflantes rasaient la sur-
face de l'eau qu'elles égratignaient de leurs pattes
pour les mouiller afin de pouvoir prendre ensuite
en frôlant le sol sans s'y poser la pattée de piatras
à jeter sur la muraille qui montait.

Au bout de trois jours, elle rejoignait le mur sur-
plombant sauf au milieu où l'on avait ménagé un

trou circulaire, une porte d'entrée pour le passage
des futurs habitants du logis.

Pour varier la besogne, les équipes volantes
allaient d'un nid à l'autre, s'encourageant mutuellement, se rendant compte de la façon dont avançait le travail, stimulant les malhabiles ou les indo-
lentes. Quand un nid fut achevé, on en commença
un autre à l'endroit reconnu, et cela dura, ainsi
douze grands soleils jusqu'à ce que tous les jeunes
ménages fussent pourvus.

Puis chaque couple en particulier s'occupa,
selon sa fantaisie, du matelas où reposeraient bientôt les œufs et plus tard les petits.

IV

Les glaneuses actives découpaient l'espace, frôlant les buissons, rasant le sol, et, tout en se luti-
nant amoureusement, s'indiquaient par de gais
gazouillis, de clairs sifflements, les magasins de
réserve, les haies d'abondance où trouver les
matériaux pour l'œuvre dont le parachèvement
décelait chez les jeunes épouses et les vieilles

mamans des nuances insoupçonnées de tendresse.

Fétus de foin et flocons de laine, bouts de crin et bûches de paille se mêlaient courbés en rond, épousant la sphéricité intérieure de la demeure, garnissant les coins trop durs, adoucissant les arêtes rugueuses du sommier de pierre où dormiraient les œufs.

Les couples du quartier de Nérotte, stimulés par l'exemple de la vieille crépisseuse, ne perdaient pas un instant et à tout moment un mâle ou une femelle, la bec empâté d'une bourre laineuse ou hérissé d'un fétu, se dressait battant des ailes devant une demeure, amoncelant les substances végétales que des pattes et des becs actifs carderaient aux premiers jours de pluie et disposeraient par couches régulières en doux matelas protecteurs des nouveau-nés de la saison d'amour.

Tous les oiseaux du village, les tribus de pinsons et de chardonnerets, les clans sédentaires de moineaux s'adonnaient avec ardeur à ce travail délicat et, comme si une entente tacite et éternelle eût été scellée par des ancêtres aux premiers jours du monde, elles leur abandonnaient les provisions immédiates pour aller chercher au loin, fortes de

leurs ailes rapides, les matériaux qui leur étaient
nécessaires.

V

Le plus jeune couple de la maison de Nérotte,
le ménage de la fenêtre du premier soleil, était
parti comme de coutume et, tout en faisant des
trouées carnassières dans les volées de moucherons,
avait gagné les haies lointaines signalées par
l'aïeule, où les moutons pressés se peignent aux
épines traînantes des lacis touffus qui bordent les
venelles.

Tout joyeux, les pattes encombrées de flocons,
les deux époux revenaient en sifflant pour prévenir les voisins de la bonne aubaine, et battaient des
ailes devant le pertuis d'entrée, quand une petite
tête grise au bec solide, installée à l'intérieur, en
interdit l'accès aux légitimes propriétaires.

Les deux oiseaux ne pouvaient croire à une pareille spoliation. Ils réclamèrent leur nid et se mirent à crier de toute leur gorge afin d'intimider le
moineau et le contraindre à quitter ce domaine qui,

13.

au su de tout le peuple ailé, n'était évidemment
pas le sien.

Mais le pierrot, fort de la situation acquise et
trouvant parfait cet arrangement qui le dispensait
lui-même d'amasser au pied des solives du toit ou
dans les trous du mur la paille et la laine de son
nid, montra, par une attitude décidée et des petits
cris secs, comme des négations énergiques, qu'il
n'était pas du tout disposé à abandonner le poste
conquis à la faveur d'une ruse et du viol d'un droit
tacitement reconnu.

Aux cris poussés par le jeune ménage, les couples
voisins étaient accourus et Nérolte et son mâle avec
eux, et toute la colonie du village bientôt se trouva
rassemblée là autour, ahurie de l'événement dont
nulle ancienne, fouillant sa mémoire, n'aurait pu
citer d'exemple.

Longtemps, longtemps, toute la tribu voleta là
devant, emplissant l'air de cris étonnés et colères,
espérant lasser le pillard qui, isolé dans son retran-
chement, s'en irait bientôt, chassé par la soif ou
par la faim. Mais le clan comptait sans la ténacité
et la ruse des voleurs. Quand le mâle, défenseur
de la loge, fut las de sa garde et tenaillé de faim,

il poussa un cri d'appel qui fut entendu, car aussitôt la compagne du pierrot, l'estomac lesté et le
cœur allègre, franchit sans hésitation la haie d'assié-
geantes et vint crânement, au bec des hirondelles,
prendre la place de son complice qui partit à son
tour se restaurer dans les jardins et les flaques
des environs.

Que faire ? Le nid était imprenable. Les hirondelles, sur le conseil de Nérotte, volèrent toutes sur
le chéneau de l'église pour discuter de ce fait
étrange et prendre une décision.

Mal armées pour la lutte, de tempérament tra-
vailleur et paisible, rigoureuses observatrices des
coutumes et des conventions, nulle n'avait jamais
songé à s'approprier la maison d'une voisine ni
n'avait eu à envisager pour elle cette étonnante éven-
tualité. Et, parmi tous les gazouillis de discussions
et les sifflements de plainte, la tribu demeurait
perplexe.

Comme on ne pouvait laisser sans gîte le jeune
ménage dépossédé et que la ponte était prochaine,
toute la colonie, solidaire du dommage subi, réso-
lut de maçonner aussitôt une nouvelle demeure et
et se mit à l'œuvre sans plus tarder.

Tout alla bien, ce jour-là.

Mais le lendemain, pendant que les actives travailleuses s'occupaient à la nouvelle bâtisse, les autres couples du clan des moineaux, s'étant rendu compte du succès de la tentative hardie de leurs compères, résolurent d'agir comme eux et immédiatement, cinq ou six ménages d'hirondelles se virent dépossédés eux aussi du berceau familial si soigneusement aménagé.

A cette nouvelle, tout travail fut aussitôt suspendu.

Nérotte, furieuse, accompagnée de quelques compagnes hardies, excitées par les plaintes des spoliées, voulut bravement attaquer l'envahisseur et le mettre de force à la porte de la maison. Mais la fine ouvrière au bec ténu fut violemment repoussée à coups de pic par le pillard triomphant qui, retranché derrière ses murailles de glaise, défiait tous les assauts.

C'en était trop. Un nouveau conseil se réunit où, parmi les gazouillis des timides, sifflaient clair et haut les sentiments de colère et les désirs de vengeance.

La tribu dépossédée ne pouvait se résigner à

bâtir en vain ni à exposer au froid et à la pluie
les frêles œufs qui gonflaient leurs flancs, non plus
qu'à s'exiler de ce coin de terre où elles étaient nées
et qu'elles aimaient.

Il fallait châtier les voleurs et la tribu n'avait
pas d'armes tranchantes comme les grands éper-
viers, ni de pics soli des comme les corbeaux, ni
de crocs blancs comme les quadrupèdes poilus qui
jappaient sous leurs fenêtres. Impossible de mettre
dehors les pirates.

La tribu n'avait que ses instincts bâtisseurs et
ses connaissances en construction. C'était de cela,
gazouilla Nérotte, qu'il fallait se servir pour venir
à bout de l'ennemi.

Alors chacun comprit et toutes avec de grands
sifflements, derrière la conductrice qui les menait
au combat, partirent, frisant la terre, égratignant
l'abreuvoir, et, battant des ailes devant le premier
nid volé par le moineau, vinrent porter leur pelletée pour boucher le trou et murer le voleur dans
la demeure qu'il avait envahie.

VI

Une pelletée crachée dans les yeux par Nérotte
aveugla l'intrus et aussitôt, se succédant sans inter-
ruption, les pattées, les becquées, les gorgées,
arrivèrent en pluie, en grêle, s'entassant, comblant
le trou, diminuant l'ouverture étroite par laquelle
il fut instantanément impossible de passer. Le
moineau, qui n'avait d'abord rien compris à cette
attaque, s'aperçut enfin que le trou diminuait et
voulut s'échapper.

Il était trop tard. L'investissement était complet,
le bout de son bec seulement pouvait sortir encore
et les pelletées de mortier qui rappliquaient sans
cesse le salissaient, l'empâtaient, l'engluaient, le
soudaient à cette muraille. Vite, vite, il recula et
poussa des cris aigus, des « cui cui » perçants,
affolés, qui sortaient de la prison d'argile comme
une voix désespérée d'outre-tombe, tandis que les
autres moineaux, postés sous les auvents voisins,
suivaient anxieusement ce travail vengeur.

Le trou fut cimenté hermétiquement, les parois

du nid furent vérifiées avec un soin méticuleux,
pas une faille n'échappa à l'œil inflexible des jus-
ticières.

Derrière la muraille, le prisonnier dans la nuit
se secouait, piaillait, battait des ailes, cognait de
tous côtés. Mais rien ne céda sous son bec et,
petit à petit, les cris s'espacèrent, diminuèrent d'a-
cuité; les battements d'ailes ne furent plus qu'un
frou, frou imperceptible et puis rien, plus rien ne
sortit de ce sépulcre gris.

L'oiseau suffoqué était mort.

Alors, à grands cris, les hirondelles quittèrent
cette maison perdue pour recommencer ailleurs et
murer tous les pillards; mais les autres, avertis
par les cris et les signaux épouvantés des témoins
du châtiment, effrayés du nombre considérable
d'ennemis approchant et de leurs sifflements inac-
coutumés, n'attendirent pas leur venue pour abandonner précipitamment les logis volés.

Tous les moineaux, ahuris d'horreur à la vue de
cette prison grise fermée, d'où le frère n'était pas
revenu, quittèrent vite le quartier sinistre, où nul
ne les revit de la saison ; et depuis, Nérotte et les
compagnes du dernier canton des bois clairs,

heureuses d'avoir fait respecter leur domaine et
donné une terrible leçon aux pirates ailés, repren-
nent chaque année, avec le soleil du printemps,
les nids vides de leur ancien village en face de
la tombe d'argile que le pillard habitera éternellement.

LE MURGER DE LA GUERRE

A. J.-H. Rosny aîné.

i

Le fond, nul ne le sait ; seul Tiécelin l'ancêtre,
le vieux corbeau dont les pattes d'année en année
se dessèchent en fils d'acier et dont les plumes
blanchissent en dessous, Tiécelin, qui connaît tous
les arbres et toutes les pierres de son canton, pourrait en dire quelque chose peut-être à sa tribu, mais
Tiécelin ne parle guère aux siens de ce qui ne les
concerne pas ; toujours est-il qu'il y avait une
vieille haine entre Piétors le lézard vert et Maledent la grande vipère rouge du murger du soleil,
une haine comme seule en connaît la forêt, une
haine qui repousse chaque année avec le soleil
comme les herbes et s'endort avec les feuilles tom-
bantes, sans mourir jamais.

Piétors habitait ce grand logis calme, accoté à la
pente verdoyante et moussue de la combe, depuis
des soleils et des soleils, et Maledent aussi, et ils
s'étaient toujours connus, et ils s'étaient toujours

haïs, et il ne se passait point de saison sans qu'une
grande bataille, précédée d'escarmouches sans
nombre, ne fît rouler et s'effriter à grand fracas les
vieilles pierres grises, cuites de soleil et de gelée,
qui étaient là entassées par on ne sait quel travail
fabuleux dont les causes, comme l'origine de la
querelle, se perdaient dans la pénombre des soleils sombrés et des saisons mortes.

Tous deux s'entêtaient à rester. Maledent était
aussi têtue que Piétors et Piétors était aussi rageur
que Maledent, et ils connaissaient bien leurs forces
respectives, mais jamais le venin de la vipère n'a-
vait eu raison de la dent de Piétors et jamais
la morsure de Piétors, qui cassait tous les ans
l'échine aux nouveau-nés de son ennemie, n'avait
pu décider l'autre à chercher pour abriter ses
enfants d'asile plus sûr.

II

C'était un jour du mois brûlant et, sur la combe
inondée de soleil, engourdie de chaleur, des ondes
d'air chaud se tordaient et dansaient et s'évanouis-
saient dans l'azur.

Maledent, à l'entrée d'un étroit couloir de pierres, reposait, délicieusement ivre, cuvant le chaud dont elle se gorgeait comme d'un vin rare et généreux. Dans la triple spire de son échine que la queue dénouait on ne sait où, béate, les yeux fixes, elle se tenait, la tête appuyée sur le renflement de son ventre, de son sein gonflé des six petits qui allaient bientôt naître et qu'elle semblait déjà défendre de tous les dangers dont ils allaient être menacés.

Des songes troubles l'agitaient. Peut-être l'appréhension de ce multiple et terrible enfantement si douloureux qu'il est réputé mortel chez les paysans auxquels on entend dire que jamais vipère ne vit sa mère vivante ! Car l'impatience natale des vipereaux qui vont naître ne souffre point d'obstacle l'heure venue et leur ferait déchirer le sein qui les a abrités et qui n'est plus qu'une prison.

Peut-être aussi évoquait-elle les froids prochains, la rentrée au grand repaire, le long pèlerinage de toutes les commères de la combe et de la vallée qui, dans les profondeurs occultes du souterrain, dans les chambres de terre, à l'abri des grands froids, s'enrouleraient avec elle pour former une grosse boule entrelacée de têtes et de queues, un immense

torchis annelé afin de passer les heures d'engourdissement de l'hiver.

Maledent était la gardienne du repaire.

Piétors, lui, était un solitaire amoureux de son
coin qu'il avait acquis sur les gens de sa race du
droit de premier occupant et qu'il disputait à la
gent venimeuse de toute son énergie inlassable et
de sa vigilance irascible.

Tous les printemps et tous les automnes il livrait
bataille à son ennemie, fort de son droit, de la
situation critique de Maledent et surtout de l'appui d'un allié mystérieux, son voisin du soleil-
levant qui dressait à quelques pas de son retrait
sa cîme d'or et étendait le parasol de ses larges
feuilles poilues dont le contact souverain le guéris-
sait des blessures mortelles de la vipère rouge.

Ce printemps-là comme d'habitude, dès que la
boule sombre se fut effritée et que le boyau souterrain
eut vomi une à une les commères du poison regagnant
leurs cantons de chasse, Piétors, qui avait
rendu visite aux jeunes pousses de son allié herbu,
et qui savait que le venin de Maledent n'avait pas
encore acquis toute sa force méchante, avait atta-
qué la vipère, et, une longue vesprée, les pattes et

le fouet, les dents et le venin s'étaient mesurés à
grand bruit de pierres écroulées et craquements de
branches sèches.

Puis les adversaires, engourdis de blessures et
de froid, s'étaient séparés et avaient vécu chacun
de son côté. Maledent, sifflant d'amour vers le
mâle, par des tunnels de mousse et des éclaircies
d'herbes sèches avait remonté la combe et s'était
accouplée au premier venu parmi les gazons roux,
puis était redescendue vers son gîte, et Piétors
lui aussi, durant leur trêve éphémère, était allé à
ses amours et en était revenu.

Les jours et les saisons avaient passé, et depuis
longtemps ils s'épiaient avec plus d'insistance
qu'auparavant, chacun sentant en soi une sourde
inquiétude et des frémissements ; l'heure appro-
chante de la bataille annuelle, de la grande bataille
qui consacrait de saison en saison un droit rigoureux et éternel les saoulait de sa hantise, car Tiécelin
savait, lui, pour avoir suivi tant de combats anté-
rieurs, que le murger éveillait la haine et suscitait
la guerre et il ne s'y était jamais posé. Seules les
races maudites de Piétors et de Maledent, poursuivies
par des destins implacables, l'occupaient exclusive-

ment et Piétors avait toujours gardé les cailloux moussus du soleil levant et Maledent les pierres chevelues de ronces du soleil couchant.

Maledent dormait les yeux grands ouverts, la
pupille imprécise, la gueule close, la tête bercée
aux tressaillements rythmiques des petits qui s'a-
gitaient dans son ventre. Piétors rêvait, vert parmi
les mousses vertes.

Midi les avait comblés également de chaleur et
maintenant c'était Maledent qui était favorisée, car
le soleil tournait lentement autour de leur monde.
Et Piétors fut tout à coup furieux de cet état de
choses et de cette injustice supérieure, car le soleil
de la vesprée est plus chaud que celui du matin
et dispense plus de vigueur à ceux qui le respi-
rent.

III

Venue avec une onde invisible de vent, une sauterelle verte, reployant ses ailes de gaze parmi ses
mousses, une femelle dont l'abdomen prolongé
en dard pour enfouir dans le sol les œufs de la

ponte, le frôla avant de détendre à nouveau ses
grandes pattes élastiques.

Les petits yeux vifs de Piétors pétillèrent parmi
les grandes lamelles mates de la tête et, tous ses
instincts chasseurs et toutes ses ardeurs guerrières
réveillées, il s'élança derrière elle parmi les défilés
de cailloux.

La sauterelle sauta plus loin et rebondit encore
parmi les pierres du murger, derrière les gros blocs
que Piétors escaladait ou contournait dans sa poursuite. L'insecte allait du côté de Maledent et
Piétors, furieux de le voir franchir les frontières
du canton de chasse de son ennemie, se précipitait sur ses traces, résolu à tout pour punir de
mort cette injure à sa souveraineté.

Maledent réveillée n'eut pas un mouvement. Une
lourde angoisse en même temps qu'une immense
colère montaient en elle, une colère d'instincts se
combattant, l'angoisse mystérieuse de l'issue inconnue de cette lutte implacable qui allaient ou la
faire rentrer, prudente, dans son inexpugnable corridor ou la dresser furibonde devant la provocation
de Piétors.

Le lézard gravissait l'ados du murger, il attei-

13

gnait la ligne indécise et sanglante de partage des
domaines et dominait tout leur canton, suivant des
yeux les évolutions de la sauterelle fuyante qui
marquait sa route de jalons d'émeraude aussitôt
évanouis.

Piétors vit Maledent, mais ne s'arrêta point,
résolu à l'impolitesse suprême de lui passer sous
les yeux dans son terrain de chasse, et, dévalant
parmi les cailloux roulants de leur montagne, il
continua sa poursuite.

Une petite avalanche de pierres rondes déchaus-
sées par ses pattes roula devant lui, courbant les
herbes, froissant les mousses, ressautant de ci de là
avec des grondements menaçants, et l'une d'elles,
plus grosse et plus menaçante encore, vint frapper
d'un élan atténué et mourant le ventre lourd de
Maledent dont sursautèrent les petits.

IV

Kss !... Sss ! Pff ! Pff ! Ah c'était ainsi ! Maledent frétilla de rage ; la colère abolissait l'effroi.

En un instant le fouet vivant se déroula et la tête sifflante se dressa devant Piétors.

Le lézard, arrêté par cette menace terrible, sembla se figer sur la pierre plate où il était alors, dominant la vipère, mais par degrés, une colère frénétique l'envahissant aussi, les yeux fixes, la gorge frémissante et la gueule ouverte, il fit tête à son ennemie.

Toutes les colères des temps jadis, les souvenirs de toutes les batailles, les cicatrices de toutes les morsures lui rappelaient sa vieille haine, massant des énergies compactes en son crâne étroit, tandis que Maledent, de rage, pouffait et sifflait, la gueule ouverte, les crochets dardés, la langue vibrante.

Piétors vit la tête plate s'avancer, sortant petit à petit de la coulisse vivante des anneaux repliés. Il ne bougeait encore pas, mais quand elle fut à son niveau et toute proche, il s'appuya sur sa queue et ses pattes de derrière comme sur un trépied et se dressa, lui aussi prêt à bondir.

Ses yeux ne quittaient pas les yeux de Maledent et pourtant, par éclairs furtifs, ils cherchaient l'endroit favorable où les dents devraient mordre, le point grêle de ce long fouet d'anneaux vivants et

souples à casser ou à disjoindre pour l'immobiliser
là en attendant la mort qui ne saurait tarder, et
démolir ensuite ou bouleverser les corridors de
retraite de la grande horde du poison.

Et brusquement Piétors bondit, s'accrochant à
un demi-pied de la tête et serrant, serrant de toutes
ses mâchoires pour désarticuler une jointure; mais
le fouet de Maledent le gifla violemment, et la tête,
pivotant sur les anneaux, se retourna pour le saisir.

La gueule de Maledent hésita parmi la peau gra-
nuleuse, cherchant dans le ventre plus mou un point
facile à transpercer sans courir le risque de briser
dans une dure imbrication l'épée fragile de ses crochets à venin. Mais l'autre la secouait terriblement,
et, en hâte, dans un repli de peau, derrière les
pattes, elle planta vivement son angon empoisonné
et se retira.

Piétors sentit la morsure et lâcha Maledent. La
lutte était à recommencer ; le premier effort était
perdu, et, furibond, agile, roulant sur son ventre,
il partit vers l'herbe blanche, l'alliée bienfaisante
aux larges feuilles poilues qui dressait au haut d'une
tige flexible et dure, les yeux d'or de ses fleurs, à
quelques pas de son repaire.

Piétors se roula sur le drap barbelu d'une feuille basse, bien étalée, essuya sa morsure en passant et repassant, pressant de tout son poids, épurant le poison, puis, fort de ce pansement végétal et rapide, s'élança derechef sur Maledent retranchée dans son murger.

Rien n'arrêtait Piétors. Il grimpa à l'assaut de l'ennemie à travers les cailloux roulants, la gueule enflammée, les dents dardées, les yeux furibonds, tandis que Maledent, pour repousser une si véhémente attaque, se déroulait à toute vitesse et se précipitait sur lui comme un bélier contre un mur.

Piétors s'écrasa sur le ventre et la massue de colère, frappant le vide, siffla au-dessus de sa tête comme une rafale de bise. Mais, se redressant aussitôt, il agrippa au passage le ventre de son adversaire, qu'il laboura de ses dents pointues et roula culbuté, entraîné parmi les cailloux, rivé à la vipère, au milieu d'un éboulement crépitant de gravier.

Son coup de dents n'avait rien atteint d'essentiel. Il le sentit et lâcha prise tandis que Maledent, dont les petits, bousculés, s'agitaient dans son ventre, se retournait féroce pour replanter encore sous la peau du lézard ses crochets empoisonneurs. Piétors,

13

redressé, fit tête en même temps que la longue
échine se coulait invisible sous des mousses, pour
se masser, semblait-il, derrière la tête assassine.

Les deux adversaires, pareillement surexcités,
se précipitèrent simultanément l'un sur l'autre. La
gueule de Maledent n'arrêtait pas de siffler des injures et de pouffer des menaces tandis que la gorge
de Piétors, comme une horloge de haine, battait les
secondes du combat.

Il y eut une mêlée confuse et terrible de pattes
courbes et d'écailles, d'anneaux et de têtes, et des
coups de dents de part et d'autre, et des sifflements
qui haletaient.

La petite tête de Piétors, haussée au-dessus des
pattes, secouait avec violence l'échine souple qui ne
voulait pas casser, et la queue de Maledent s'en-
roulait et se déroulait, formait un cercle élastique
qui montait vertical, puis s'écrasait en éclipse molle,
puis se redressait, suspendant le lézard, et retombait d'un seul coup, tandis que les dents du venin
alternativement s'accrochaient et se décrochaient
du ventre jaune et replet ou des pattes courbes
qui s'essayaient à griffer.

V

Piétors se sentit touché, lâcha tout et recourut
au pansement végétal, à la charpie naturelle du
bouillon blanc sur lequel il se roula derechef, puis,
comme un lutteur farouche, sitôt pansé sommaire-
ment, il repartit au combat.

Maledent entendait son ventre bourdonner; sa
portée mûrissait plus vite, s'impatientait, allait peut-
être aussi s'allier inconsciemment à Piétors et la
perforer, avant que l'autre ne la broyât à travers
la peau quand il ne s'accrochait pas aux fines vertèbres dorsales.

Le combat reprit implacable et si acharné que
les adversaires n'entendirent même pas le bruit sur
le sol de coups sourds et cadencés, ni ne virent
point davantage une grande tache d'ombre s'avancer et s'immobiliser comme si un arbre mystérieux
eût poussé là subitement.

Ils se secouaient, se nouaient, se tenaillaient de
morsures, se lardant de coups de pattes, se cinglant
de coups de fouet, se renversant de coups de tête

frappant comme des catapultes, et les gueules sifflaient, et les ventres se retournaient, et les fausses
écailles luisaient et l'herbe se foulait sous eux,
tandis que la grande masse qui s'était dressée tout
près d'eux, après avoir d'un seul coup tranché la
grande plante à fleurs jaunes, était redevenue immobile et muette.

Maledent sentit douloureux son ventre que les
vipereaux en mal de naître frappaient de coups de
tête pour se frayer un chemin, et que le combat, se
prolongeant, lui serait funeste. Elle ne mordait
plus de ses crochets venimeux, car le poison,
déversé dans les premières et infructueuses attaques, ne remplissait plus suffisamment la poche
épuisée.

Il fallait laisser à la glande sécrétrice le temps
de le distiller de nouveau, et elle répondait aux
attaques de Piétors en se retournant brusquement
pour le culbuter, en l'enlaçant, le comprimant,
l'assommant de coups de tête, tandis que lui mordait deci, pinçait delà, partout où il trouvait un pli
de peau, perçant la mâchoire inférieure, la chemise
écailleuse du dos, secouant les vertèbres, broyant
le ventre.

Il était temps d'en finir. Maledent sentait sa
poche à venin comme un carquois de mort se rem-
plir. C'était sa dernière arme ; il fallait tuer Piétors
d'une bonne morsure, car si elle échouait encore il
n'y aurait plus vraiment pour elle, fatiguée, abattue,
déroutée, qu'à profiter de la trêve pendant laquelle
il se panserait à son ambulance prochaine pour
battre en retraite, et recommencer toujours.

Décidée, elle enroula les anneaux postérieurs
autour de l'arrière-train, nouant les pattes de derrière du lézard qui mordait sans relâche, comme
frappe un corbeau, et secouait les vertèbres du
centre de l'échine comme s'il eût voulu se déman-
cher la tête. Stoïque, elle le laissa s'y agripper solidement pour le tenir ferme et mordre à coup sûr.
Une douleur atroce la tenaillait. La dent de Piétors,
perçant la peau, trouvait une jointure, y entrait,
s'y plantait comme un coin, pressant, piquant, dis-
joignant. Quelques secousses encore et il casserait
en deux l'empoisonneuse, qui ne pourrait même
plus, paralysée, regagner pour y mourir l'entrée du
souterrain dont elle avait la garde.

Vite, vite, il faut tuer ! Sa tête, étrangement
contorsionnée, se coule entre les pattes de devant

de Piétors à l'endroit où la peau est tendre et mince.
Là, là, tout près du cœur qui bat et qu'elle entend,
elle ouvre la gueule largement ; les mâchoires terribles et bien armées s'écartent comme un compas
effrayant et violemment, en un pincement subit et
implacable, se referment, serrant longtemps, longtemps pour que le venin s'écoule jusqu'à la dernière
gouttelette. Et lente, pour ne rien gâter d'une morsure si bien réussie, elle se retire doucement.

VI

Touché ! Piétors se sent froid dans les membres.
La misérable a bien mordu. Vite, vite à l'ambulance du soleil levant à la bonne feuille barbelue
qui le panse et qui le guérit. Mais la vipère a
entravé ses pattes de derrière, et Piétors se tord,
se détord et mord encore pour la faire lâcher.

Là, du côté qu'abreuve le soleil, il est encore
temps ! Voici la pierre, la grosse pierre plate sa
voisine. Mais, mais, la plante amie, l'alliée bienfaisante, la bonne providence à tête d'or, où donc
est-elle ?

Piétors se hausse sur les pattes pour se reconnaître. C'est bien là pourtant !

S'est-il trompé ? Serait-ce plus près du soleil ; voici les pierres moussues de son domaine !

Et il retourne ! Le bouillon blanc au plumet jaune n'est plus là !

Comment cela s'est-il fait ? s'est-il enfui, lui qui ne bouge guère plus que ses mousses et s'agite bien moins que les arbres ? Quel mystère ! quelle trahison !

Piétors cherche encore...

Là où il devrait être, où il était, rien qu'une éteule rugueuse, tranchée à ras du sol, une éteule d'où pleure une moelle verte déchiquetée ; mais ce n'est pas la moelle verte qu'il faut à Piétors, c'est la large feuille, la charpie blanchâtre poilue et feutrée qui pompe le venin et réinfuse des forces.

Piétors déjà n'y voit plus, et son gosier se gonfle et ses pattes latérales s'écartent plus encore de son ventre. Il rampe maintenant, il ne peut plus marcher, les herbes se dressent roides, inflexibles.

Ah ! du soleil ! de la chaleur ! son sang se glace.

Mais les pattes s'écrasent de plus en plus ; le ventre bute, le ventre traîne, l'herbe tresse des

filets devant lui, les cailloux font des murailles,
l'ombre le mange, le froid le perce, la peau fris-
sonne, les yeux s'agrandissent sans voir. ·

Et Piétors empoisonné s'effondre là, mort, inerte
et déjà froid, tandis que là bas, levée, Maledent,
immobile malgré sa souffrance, le regarde fixement
s'écrouler.

VII

C'est fini enfin. Plus d'ennemi! Les vipereaux
naîtront et pourront aller parmi tous les cailloux
du murger, sans crainte... au bon soleil... ils gran-
diront et cet hiver ils se serreront en boule...
mais, est-ce un cauchemar? Piétors est-il ressus-
cité? sa morsure vengeresse s'acharne de nouveau?

Quelque chose siffle, siffle, et cingle et mord et
le fouet de vertèbres craque net sous deux coups
qui la frappent juste à l'endroit que Piétors tenaillait de sa dent impitoyable.

Maledent se retourne et se tortille. L'outre à
venin est garnie! Vengeance! Mort! Impossible
d'avancer !

Et, allongée à son côté, elle voit la grande ombre
immobile qui bouge enfin, et l'homme debout derrière elle, une baguette verte à la main, une baguette souple et barbelue, dépouillée de ses feuilles
et qui regarde de tous les yeux jaunes de sa cîme
la longue épave que sa vigueur a mutilée ainsi pour
venger le petit lézard Piétors.

Mais ce n'est pas tout, car l'homme, le grand
inconscient terrible qui les a tués tous trois, lève
son lourd talon et frappe le ventre de Maledent, le
ventre gonflé de vie qui bouge et qui éclate.

Les petits vipereaux délivrés sortent à demi vivants et si lents dans leurs langes bleuâtres d'anneaux frêles qu'ils se tortillent là, sur place, étonnés, et au fur et à mesure que presse le talon il en
sort un autre, et un nouveau et encore deux.

Alors devant Maledent qui se tord et siffle et
pouffe et rage, l'homme lève la massue noire du
talon maudit, et la terre, après chaque coup qu'il a
frappé, résonne sourdement, et un des petits ne
bouge plus.

Et puis une fois, une dernière fois il lève la massue de cuir et de clous et d'un coup terrible qui

14

sonne plus fort encore que les autres, il fait éclater
la tête de Maledent.

Et voilà comment finit la guerre entre Piétors le
lézard vert et Maledent la grande vipère rouge du
murger du soleil.

C'est ainsi que, ce soir-là, le murger ne fut pas
gardé et que les souris peureuses qui, à l'abri des
taillis herbus, avaient assisté de loin à la grande
bataille, purent, en tremblant, visiter les corridors
sinistres où les vipères qui les attirent et les dé-
vorent s'endorment en hiver.

Mais comme c'était le murger du soleil, l'homme
qui revint quelques jours plus tard put revoir parmi les mousses du soleil levant un nouveau Piétors
et dans les ronces du soleil couchant une autre
Maledent qui se guettaient par les meurtrières de
cailloux, surveillant les défilés de roc de leur ver-
sant respectif, et n'attendaient qu'une occasion
pour se livrer une grande bataille comme avaient
fait tous les lézards et toutes les vipères qui avaient
occupé ce lieu maudit où Tiécelin ne s'était jamais
posé, car le murger du soleil est aussi le murger
de la guerre.

L'HÉROISME DE JACQUOT

A Léon Hennique.

Pour s'être empiffré longuement de glands au chêne de la tranchée sommière, pour avoir embué en lui, dans cette soûlée de mangeaille, le sens exact des réalités forestières, Jacquot le geai perdit la notion de l'heure, et, sans remarquer la hauteur du soleil, confondant la voix de l'appeau avec celle de Jacquot l'ancien qui devait les rappeler pour le soir au taillis de la Combe du Beau Temps, il partit roucoulant de plaisir vers le babil captieux et dégringola en bas de la branche où il se posait, l'aile fauchée dans l'ébranlement terrible d'un immense coup de tonnerre.

Deux cris de détresse lui jaillirent spontanément de la gorge en battant l'espace d'une rame cassée qui rompait son équilibre aérien et rendait vains tous ses efforts, tandis qu'il demeurait quasi étourdi des chocs consécutifs sur les branches qui le fouettaient dans sa chute et auxquelles il tentait sans y réussir de se raccrocher.

Il ne comprenait encore rien. C'était la catastrophe, l'affreuse conspiration des choses qui vous laissent longtemps passer, indifférentes, et qui subitement vous deviennent hostiles sitôt qu'une grande puissance mauvaise a donné le premier coup.

Pflic ! pflac ! chacune donnait sa gifle, les petites, les grandes, comme si elles eussent eu toutes à se venger du vaincu qui les avait frôlées de ses ailes ou serrées de ses griffes, et lui, tombait les yeux agrandis, le poitrail en avant, le plumet crânien ébouriffé parmi des odeurs étrangères et fortes qui l'empestaient.

Il eut une plainte plus rauque en touchant la terre et resta un instant étourdi de ce nouveau choc, puis, dans une réaction spontanée des sentiments de conservation le réveillant comme d'un sommeil, il battit des ailes et sauta sur ses pattes.

Mais ses deux ailes fouettaient l'air inégalement, l'aileron de droite ayant été fauché dans l'aventure et il tomba de ce côté sur les griffes allongées, les pattes tendues encore de l'élan.

Alors il voulut fuir quand même, et, les ailes en croix, se mit à courir à toutes jambes. Mais à ce moment la terre tout autour de lui vibra, trembla,

frémit ; les feuilles mortes après lui coururent
comme une meute silencieuse derrière un oreillard
déboulant ; de grands chocs sourds résonnèrent et
une immense silhouette de ténèbre, une ombre
géante surgit devant ses pas, s'élargit, s'agrandit
en menace horrifique jusqu'à ce qu'une main puissante l'étreignît dans son étau de chair.

Tchaie ! tchaie ! Jacquot râla plus fort, appelant
au secours, affolé du danger, face à face avec
l'homme, le grand géant terrible et redoutable que
Jacquot l'ancien, à tous les levers de la tribu,
recommandait particulièrement d'éviter et de fuir.

Le cœur du prisonnier blessé sauta dans sa poitrine, ébouriffant sa tunique rousse tandis que,
sous son casque rayé, les yeux brillants cernés de
blanc s'arrondissaient de frayeur, et que les pattes
se crispaient impuissantes dans l'affolement, et que
la queue s'écartait en éventail et que le cou s'allongeait immobile, tous les muscles tendus.

La conscience s'abolissait de nouveau: la forêt
tourbillonnait en déluges de couleurs vertes, jaunes, grises ; les arbres dansaient des entrechats dia-
boliques devant ses pauvres prunelles chavirées de
vertige.

Puis, tout à coup, comme sous le choc irrésistible d'une poussée de vie, la réalité se réimplanta,
bandant tous les ressorts de résistance, réveillant
toutes les colères, suscitant toutes les audaces.

Et dans le poing du chasseur qui l'avait abattu, il
battit violemment des ailes et griffa des pattes et
cogna du bec avec une telle vigueur impétueuse
que l'autre le lâcha subitement et qu'il tomba de
nouveau à terre.

Une nouvelle poursuite recommença, aussi courte,
hélas ! que la première, car l'invalide ailé ne pouvait
pas de ses seules pattes lutter de vitesse avec le
géant aux formidables emjambées, et dans le même
sinistre ébranlement du sol il fut repris et étroite-
ment serré par son geôlier.

Il voulut bien cogner encore sur les poings de
l'adversaire, mais la main traîtresse l'avait saisi
par derrière et n'offrait plus de prise à ses coups.

C'était fini ! Jacquot le geai n'assisterait pas ce
soir-là, ni les suivants, au rassemblement du coucher, il ne gazouillerait pas, ne pépierait pas, ne
roucoulerait pas à la fête crépusculaire et quotidienne de la Combe du Beau Temps, il ne becquè-
terait pas les gentils compagnons avec qui il faisait,

chaque jour propice, l'étape aérienne vers les forêts chaudes du midi ; le soleil de demain ne l'éveillerait pas sur la branche à l'interpellation joyeuse de Jacquot l'ancien, le vieux guide des émigrants automnaux de son canton refroidi.

Tchaie ! Tchaie ! Adieu frères ; Jacquot est en danger et souffre et voudrait bien vous revoir et partir quand même avec vous aux terres promises du soleil... Tchaie !

Mais l'homme tient toujours Jacquot et voici qu'il lui serre, qu'il lui étreint la patte dans une autre main, une main froide et fine et cinglante et longue et souple qui meurtrit la chair et qui casse les plumes, une ficelle solide que la main de chair maintient à une distance immuable du geôlier, puis fixe enfin à une branche complice, une branche méchante comme celles qui, tout à l'heure, le fouettaient au passage dans sa culbute tragique.

Jacquot court et tend le fil ! Ah ! si le lien pouvait casser !

Et de toutes ses forces, les griffes plantées en terre, le prisonnier s'élance, tandis que la ficelle serre plus fort et le meurtrit davantage...

A l'aide, camarades !... Tchaie, tchaie...

14.

Dans la forêt calme que les vents d'automne
brossaient par rafales comme un vieil habit pour
en détacher une poussière de feuilles mortes, dans
les merisiers et les chênes, sur les arbustes épineux rouges de baies sucrées, aux creux des combes, aux faîtes des crêts, partout, dans tous les
coins, les oiseaux forestiers, les sédentaires et les
migrateurs cueillaient, après l'engourdissement de
midi, la collation vespérale ou le repas plantureux
avant d'aller, aux heures convenues, boire aux flaques limpides des bas-fonds de marne et se réunir
ensuite par colonnes de marche et par races dans
le canton choisi pour le rassemblement quotidien.

Les merles, les geais, les pies, les grives et les
corbeaux becquetaient la provende et s'emplissaient
le jabot en attendant calmement que le signal de
la vieille Margot, de Tiécelin l'ancêtre ou de
Jacquot l'ancien les rappelât à la vaste auberge
feuillue des grands chênes aux piliers humides d'é-
corce le long desquels grimpaient en vertes colon-
nades les mousses sombres avivées de coups de
soleil soutenant aussi, de la chaude moelle de leurs
rayons, comme d'une nourriture subtile, les frondaisons défaillantes.

De temps à autre un cri s'élevait normal et tranquille s'enquérant de l'heure ou du voisinage, auquel d'autres répondaient non moins quiets, sans que rien dans le sous-bois remuât, que quelques feuilles froissées par un changement de place ou un balancement léger de branche pliant sous le faix gracieux d'un corps fuselé s'équilibrant en une étreinte agrippante de pattes.

Mais au double cri plaintif et angoissé de Jacquot blessé, tout le sous-bois fut remué d'une émotion profonde.

Les becs cessèrent de piquer, les têtes rousses au casque rayé des geais, les coiffes noires des merles, les petites calottes grises des grives, les crânes solides des vieux corbeaux se redressèrent avec un arrondissement interrogateur et inquiet de prunelles effarouchées, tandis qu'autour des trous auditifs les plumes se hérissaient, formant une conque plus large pour mieux écouter.

Tchaie! tchaie! la double plainte repartit, et immédiatement d'autres cris de geais arrivant à la rescousse répondirent au cri d'alarme de Jacquot.

Des vols brusques s'essorèrent à grand fracas d'ailes dans la direction du blessé auquel toute la

tribu répondait, tandis que les autres oiseaux
approchaient, eux aussi, mais en silence, solidaires
quand même du danger couru par leur camarade
de futaie ou leur voisin de taillis.

Jacquot captif, au bout de sa ficelle, piaillait de
peur, de souffrance et de désir de fuir, à quelques
pas de l'homme dissimulé derrière un arbre et qui
ne le regardait plus.

Tout d'un coup, la même détonation violente
que celle qui lui avait tout à l'heure fauché l'aile
retentit à côté de lui, et devant son bec ouvert,
un geai tomba, un frère mort, le crâne crevé, saignant, la tête ballante, les yeux vidés.

Jacquot piailla plus fort, la futaie alentour bruis-
sait confusément de froufrous d'ailes et de cris
d'oiseaux ; c'étaient les frères qui rappliquaient
des quatre coins de la forêt malgré le tonnerre et
l'empestante fumée qui montait d'auprès de lui.

Pan ! pan ! Deux nouveaux coups ébranlèrent
le taillis et deux autres geais dégringolèrent encore
inertes à côté de Jacquot.

Ils ne remuaient plus, ils restaient là sans tenter
de fuir, plus immobiles que les branches mortes
et les feuilles roussies qui jonchaient le sol, et des

gouttes rouges de sang épais s'échappaient de leurs narines et de leur bec.

C'était ainsi que serait Jacquot quand il plairait à son bourreau.

Une frayeur plus intense l'envahit; il regarda l'homme qui cherchait dans l'air, l'œil rivé à son arme, quelque point mystérieux, et une nouvelle détonation épouvanta le taillis, et un autre Jacquot grossit près du prisonnier l'hécatombe des victimes tombées.

Tchaie! tchaie! Fuyez, fuyez, cria Jacquot aux frères imprudents qui tournoyaient et se posaient dans les branches au-dessus de lui.

Un nouveau coup fit une nouvelle victime, mais plus il criait, plus les autres, émus de curiosité compatissante et d'angoisse fraternelle, voulaient voir et le secourir.

Un coup encore tonna, un oiseau dégringola : le massacre continuait.

Qui donc préviendrait les frères ?

Alors subitement, comme sous le coup irrésistible d'une révélation supérieure, Jacquot comprit qu'il était pour quelque chose dans le massacre de ses frères et que ses cris les précipitaient dans le piège où il était tombé lui-même.

Après une plainte déchirante, il jeta les deux cris secs et âpres d'alarme, puis, se résignant à son destin, simplement il ferma son bec dans une contraction frénétique et le silence bourdonnant de la forêt ensoleillée succéda sans transition au tonitruant massacre qui la souillait l'instant d'avant.

★

Jacquot avait pensé juste. N'entendant plus sa plainte, les frères surpris s'étaient immédiatement blottis dans les rameaux attendant, épiant anxieusement ce silence, pressentant un drame mystérieux qu'ils n'osaient imaginer, et d'autant plus terrible que les causes leur échappaient.

Mais ce silence et cette solitude ne faisaient pas l'affaire de l'humain, qui voulait continuer la tuerie.

Brusquement il tira la ficelle qui tenait le prisonnier et Jacquot trébucha et tomba le bec contre le sol.

La douleur de la patte tiraillée, des chairs froissées, du bec meurtri faillit arracher une plainte
au captif, mais sa volonté têtue de bête stoïque fut
plus forte que la souffrance.

Se redressant en silence, comprenant mieux
encore toute la pensée terrible de son ennemi, il
serra héroïquement les mandibules et, l'œil arron-
di, brillant d'une résolution invincible, fixa les
choses avec un calme effrayant.

La ficelle se tendit de nouveau et Jacquot retomba, et les chocs se multiplièrent, et la douleur
enflait, mais le geai resta silencieux.

Alors, résolu à vaincre ce mutisme, le chasseur
s'approcha du prisonnier, et, dressé au-dessus de
lui, levant la lourde massue ferrée d'un pied plus
gros que la bête, il la lui lança brutalement contre
l'aile blessée.

Une douleur atroce cingla de ses lanières vives
l'oiseau martyr, mais le silence effarant qu'il gardait
ne fut pas rompu, et les coups en vain redoublè-
rent et lui meurtrirent les chairs et lui cassèrent
les plumes.

Stoïque et simple, sans même chercher à les fuir,

Jacquot les subissait, giclant de droite et de gauche au bout du soulier barbare.

Serrant les dents, exaspéré, sacrant tout bas contre la bête, l'hommere doublait, mais ses cruautés restaient vaines.

Il fallait au bourreau une autre victime, celle-là se refusant obstinément à seconder ses projets ténébreux.

Dans sa poche il fouilla, et, saisissant un petit instrument brillant qu'il porta à ses lèvres, il voulut imiter le cri de Jacquot en tirant des « tchaie » de son appeau.

Mais ceux qui l'écoutaient dans les branches, l'oreille tendue, tous les instincts en éveil, n'étaient pas des naïfs comme sa première victime et pas un ne se laissa prendre à cette comédie grossière.

Ils cherchaient pourtant à voir, mais Jacquot l'ancien cria, Tchaie ! tchaie ! tchaie ! râclant frénétiquement de la gorge. C'est l'homme ! l'assassin ! fuyons.

Et tout alentour, comme si une folle rafale de vent eût troussé dans un geste immense toutes les frondaisons, un ronflement claquant souleva les feuillages, et, dans une tempête de cris et de

coups d'ailes, tous les oiseaux qui étaient accourus
s'envolèrent dans tous les coins de la forêt.

Le massacre était bien fini. Pas un cri ne répondit à la voix de l'appeau : seul, dans le lointain, le
caquetage des geais se rappelant et se félicitant
arrivait atténué comme une raillerie.

L'homme eut un cri de rage. Cela allait si bien !
Jacquot, sombre, écoutait pour la dernière fois la
voix des siens !

Alors, dans sa pince de chair, dans sa poigne
musculeuse, le chasseur saisit de nouveau et plus
brutalement sa victime résignée, et, l'élevant jusqu'à ses yeux étincelant d'une haine irraisonnée de
brute, il lui enferma le poitrail dans l'étau de ses
doigts et comprima violemment le malheureux.

La poitrine de Jacquot se serra ; ses poumons
dégonflés se vidèrent, son cœur sauta, son bec
enfin violemment s'ouvrit pour appeler l'air dans
sa gorge sèche.

L'étreinte se précisa, se crispa : les ongles entail-
lèrent la peau, les doigts firent des sillons dans la
chair, les os des côtes craquèrent, le cœur eut un
sursaut désespéré, du sang s'épancha dans les poumons broyés et vint au nez goutter en larmes rou-

ges, et Jacquot, toujours silencieux dans la poigne
de l'assassin, laissa tomber au bout de son cou son
bec clos dans un dernier spasme, pour que les frères compatissants qui avaient répondu à son appel
puissent encore s'éveiller le lendemain au signal
de Jacquot l'ancien et se becqueter, et gazouiller
et pépier, et être heureux et libres, et s'en aller au
loin vers le clair soleil.

UNE NUIT TERRIBLE

A Madame Judith Gautier.

I

Le soleil s'accoudait royal à un balcon poupre de
nues, semblant contempler la forêt calme qu'une
onde oppressée de vent tiède précurseur de la fraîcheur crépusculaire semblait agiter d'un immense
frisson frileux de beauté mûre à son déclin.

L'automne mystérieux passait sur les frondaisons et, comme derrière le cheval du barbare des
temps jadis, aux endroits que ses pieds de brume
et de froid avaient foulés, les feuilles jaunes et flé-
tries tombaient avec d'irréels grelottements.

Les conciliabules ailés des migrateurs d'automne,
comme pour échanger et transmettre le mot d'ordre
général de la grande cohorte de demain, s'animaient
de combe en combe avant de mourir avec le crépuscule.

Roussard le lièvre, s'éveillant dans son gîte de

ronces et écoutant tous ces bruits, songeait que les temps étaient proches où la forêt s'affole, où l'on ne peut plus se fier à ses rumeurs et à ses silences, au craquement des branches et au frôlement furtif des feuilles cliquetantes. Il rêvait aux sillons bruns ou roux des combes prochaines où il irait bientôt reposer parmi les émanations vigoureuses de la bonne glèbe silencieuse dont les vibrations vigilantes dénoncent l'approche des ennemis.

Et Guerriot l'écureuil, en voyant baisser le soleil, songea tout à coup, lui aussi, que ses pattes nerveuses, qui tout le jour avaient brassé l'espace et ramé la verdure, étaient lasses et que le pavillon d'été proche de la demeure hivernable était solide et chaud et qu'il serait bon d'y reposer.

Dès le premier rappel des merles, avant le lever du soleil, il avait couru de hêtre en noisetier par ses sentes aériennes et ses foulées feuillues, bondit de cime en cime, s'accrochant aux rameaux flexibles qui pliaient sous son corps râblé et le relançaient plus haut ou plus bas ou de côté — la noisette ou la faîne aux dents — selon son désir et le rythme que son élan imprimait à la branche.

La récolte était abondante, les greniers acces-

soires dissimulés dans le voisinage de sa grande
boule aérienne étaient remplis, et cette dernière
elle-même se garnissait petit à petit, au fur et à
mesure des fréquents voyages de Guerriot.

Il était heureux.

Irait-il ce soir là à l'îlot de sapins retrouver les
compagnons du soir avec qui, les nuits calmes
d'été, sous la lune bénévole, il jouait follement dans
la quiétude de cette lumière fraîche et la confiance
en la force de leur association joyeuse?

La veille, il s'y était rendu pour éplucher les
« pives » ligneuses et croquer la graine intérieure
qui donnait un fumet de résine à sa chair sauvage;
mais beaucoup de frères manquaient à l'assemblée,
des frères las de la journée laborieuse et des longs
voyages d'approvisionnement.

Et quand le repas fut fini, aucun n'eut envie de
jouer ni de grimper; quelque chose leur faisait mal
qu'ils ne comprenaient pas, et voici que, tout d'un
coup, il avait fait nuit et froid et tous avaient eu
grand'peur et s'étaient enfuis très vite par les rac-
courcis des branches vers leurs maisons chaudes.

Guerriot, qui n'y avait plus resongé, se souve-
nait maintenant de cela; il se souvint aussi que ses

jarrets étaient las, que ses griffes hésitaient à mordre les ramilles du chemin et il pensa encore combien serait plus délicieux et plus tranquille le repos dans le gentil pavillon d'été qui se berçait là-bas dans la touffe sourcilleuse des grandes coudres flexibles et des baliveaux de charme.

Dans le hêtre le plus près de lui il entra et, sur un riche rameau, pliant sous le faix des cupules pleines, il s'installa assis sur le trépied de ses jarrets de derrière et de la base de sa queue, dont le panache se relevait gracieusement.

Choisissant avec soin les cupules lourdes, il saisissait entre ses deux pattes de devant la graine triangulaire arrachée à son écale épineuse et, après l'avoir épluchée avec soin la grignotait paisiblement avant de rentrer au nid. Car Guerriot, prévoyant et économe, ne voulait point, malgré sa fatigue, entamer avant les grandes froidures et la retraite définitive les provisions précieuses de ses greniers d'abondance.

Les cloisons brunes et sèches des graines huileuses tombaient à terre doucement, voletant comme de petits papillons de nuit et leurs zig-zag amusaient Guerriot, qui, l'esprit délivré des soucis laborieux du jour, s'intéressait gaîment à tous les joujoux de la forêt.

L'estomac lesté, il explora avec soin son rameau, choisissant la plus belle cupule, grappillant la graine la plus lourde qu'il emporta dans sa gueule, et, de bonds en bonds, revint à la branche solide de la deuxième fourche du baliveau du couchant qui était un des trois sentiers menant au vert carrefour ou était bâti son logis propret de solitaire aérien.

Arrivé près de sa boule, il déposa son fardeau à la porte, puis monta jusqu'au faîte de l'arbre pour regarder le soleil rouge qui s'enfonçait, et après une pirouette ultime comme un salut de clown ou une révérence d'adoration, il se laissa dégringoler jusqu'à sa cabane.

Des pattes de devant aux longues griffes, il écarta les branchettes plus grosses qui fermaient vers le levant l'entrée de sa demeure, et, après un rapide et circulaire coup d'œil pour s'assurer que nul ennemi ne l'épiait aux alentours, engrangeant sa faîne d'un coup de patte, il s'engloutit la tête la première dans la boule.

Un instant après, le temps juste de s'y retourner, et la petite tête fine aux yeux vifs se remontrait

15

comme à une lucarne, sondait l'espace à nouveau
et s'enfonçait définitivement, repoussant dans sa
retraite une clôture épineuse de branchettes solides entrelacées de mousse.

Et bercé au rythme profond du vent fraîchissant
dont les ondes de plus en plus larges entraînaient
dans leur courbe de paix les pilotis vivants de sa
maison, Guerriot, les membres raidis de fatigue,
le cœur content, calme et confiant, ferma les yeux.

II

Dans l'alcôve de mousse sèche, et de feuilles,
chaude et close, il reposait. Des heures avaient passé
que le vent mesurait de son large balancier de mystère, mariant le silence et la nuit en un bourdon-
nement monotone, mais l'écureuil n'entendait rien.
Les nuits d'automne lui étaient inconnues et hostiles, lourdes d'effroi par leur silence approfondi,
leurs ténèbres angoissantes et leur fraîcheur traîtresse.

Il dormait de tout son corps, les sens relâchés,
les muscles détendus, la queue rabattue, quand, tout

d'un coup, ses oreilles, penchées en arrière dans le
relâchement musculaire du repos, ses oreilles, dernières sentinelles de sa sécurité, se redressèrent
subitement de leur vie propre sans que rien d'autre en lui frémît de leur alarme.

L'alarme n'était pas vaine : les pinceaux de poils
qui les prolongeaient se hérissèrent et, comme si
un ordre secret les eût prévenus immédiatement
avant le cerveau, tous les organes des sens de Guerriot furent mis en éveil aussitôt.

Les muscles se tendirent, les griffes se crispèrent, le panache de la queue couvrit l'échine de son
armure et les yeux tout ronds aussi de surprise et
d'inquiétude s'ouvrirent pour prendre leur part de
veille.

Guerriot s'éveilla dans l'obscurité, il écouta.

Un bruit de pattes griffant l'écorce, un grattement insolite courant le long du pilotis de coudre
où était bâtie sa maison, le fit frémir.

Et l'image brutale et confuse et groupée de tous
ses ennemis surgit dans son cerveau !

Etait-ce l'homme au fusil tonnant, le chien son
allié braillard, le goupil à longue traîne, les grands

oiseaux aux ailes immenses, au bec terrible, aux serres crochues ?

Non, ceux-là ne le suivaient guère que le jour et, sauf les renards, il ne les avait jamais aperçus durant ses ébats nocturnes d'été au rendez-vous des sapins ; il faisait encore nuit, car les ténèbres ouataient sa loge sylvestre à travers les murs de laquelle ne filtraient ni lueurs ni chants !

C'était sûrement un buveur de sang, un des affiliés du clan farouche aux dents impitoyables qu'on voyait parfois rôder aux failles des murs ou aux fourches des pins : peut-être Fuseline la fouine ou Mustelle la marte, car Grimpemal le putois et dame Manteauroux la belette n'aimaient guère ces escalades dangereuses. Oui, ce devait être Fuseline ou Mustelle, les deux terribles sanguinaires dont parfois, au hasard des rencontres du matin, un voisin de taillis racontait le sinistre exploit nocturne : l'assassinat d'un frère surpris pendant son sommeil à l'abri de ses murailles et saigné hurlant dans la nuit. C'était Mustelle plutôt, car l'autre, maraudeuse des maisons, préférait le sang des oiseaux et les égorgements des grosses emplumées du village des hommes.

Le bruit des griffes était de plus en plus distinct, il approchait, il était là sous lui et subitement ce bruit se tut.

Mais l'odeur violente, l'odeur sauvage de la bête mangeuse de chair était là, imprégnant la cabane, filtrant à travers la mousse.

L'assassin la guettait, préparant en silence son plan d'attaque, aiguisant les couteaux d'ivoire de ses dents et les poignards d'agate de ses griffes.

Et Guerriot était là, affolé, se demandant comment il échapperait. Où fuir ? De quel côté était la bête ? Ouvrirait-il l'huis de branchage ? Mais l'autre ne pourrait manquer de l'entendre, et il serait pincé dans le gîte, enfermé entre la solide maçonnerie de mousse et de rameaux de ses murailles qu'il n'aurait pas le temps de jeter bas !

Guerriot était perdu.

III

Tout d'un coup, brusquement, du côté du couchant, un craquement sinistre enfonçant la mousse

15.

longue disjoignit les feuilles empilées et les brin-
dilles sèches et la gueule vorace de la marte, domi-
née par deux yeux de braise, apparut dans l'ouverture de la faille.

Le corps de l'écureuil se détendit comme un
ressort fantastique du côté opposé ; la tête heurta
les branches de la porte, se piquant aux épines,
enfonçant l'ouverture et il jaillit dans la nuit au
hasard, sans savoir où, tandis que le vent d'un
corps lancé à sa poursuite sifflait derrière lui.

Guerriot s'accrocha d'une patte à un rameau
frêle, tendu comme une main secourable, qui plia
et craqua sous son poids, mais ne se rompit point,
et qu'il remonta vite, vite, tandis que, juste en
dessous, le choc plus violent d'un corps plus lourd,
heurtant le tronc de l'arbre, l'avertissait de la
poursuite de son assassin.

Sans perdre de temps, en effet, Mustelle, s'a-
grippant au fût, grimpait à toute vitesse.

Guerriot, éperdu de frayeur, ébloui de ténèbre,
ne pouvait guère se diriger, alors que sa féroce
poursuivante aux puissantes prunelles ne le quittait
pas des yeux.

Précipitamment, il remonta la branche jusqu'au

fût, suivant comme une bête égarée le premier chemin qui se présentait. Et voilà qu'en dessous, à
quelques pas à peine, il vit derechef les deux prunelles lumineuses de son ennemie qui couraient
sur lui.

Alors, poussant des cris aigus de peur et de
colère, il fila jusqu'à la cîme, s'enroulant autour de
l'arbre pour chercher à se faire perdre de vue :
mais chaque fois qu'il se retournait les disques de
flamme le regardaient, montaient, gagnaient du
terrain, allaient l'atteindre.

Guerriot, fou, refit dans le noir un bond fantastique. Quelque chose comme le bruit d'un éraflement le suivit. Il heurta violemment une branche
qui le fouetta de ses rameaux auxquels il se sus-
pendit, puis la suivit, puis ressauta plus loin sans
rien voir et encore une fois et une autre, montant
plus haut, redégringolant en bas, presque à terre,
au hasard des arbres, au petit bonheur des plon-
geons, puis enfin s'arrêta, les yeux agrandis, le
cœur sautant, les oreilles frémissantes d'entendre
derrière lui le sillage fugitif des branches vibrant
encore de son passage.

En dessous, c'était la ténèbre impénétrable du

sous-bois, pleine d'embûches et de dangers, en haut la nuit étoilée ravagée de grandes bêtes sombres qui semblaient dévorer les étoiles et se poursuivre et se combattre en affrontements silencieux.

Où fuir, où se cacher, où était Mustelle?

Guerriot, à l'odeur, reconnut qu'il était sur un chêne aux multiples rameaux, aux larges feuilles vertes encore et solides que les gelées n'avaient pas entamées de leurs traîtres ciseaux.

Son ennemie devait avoir perdu son sillage dans les remous de vent.

Il fallait se cacher, car déjà passaient dans le noir pointillé d'or du firmament des vols silencieux et souples de grands oiseaux qu'il ne connaissait pas.

Etait-ce encore des ennemis?

L'écureuil grimpa jusqu'au milieu de l'arbre et, choisissant une branche vigoureuse, la suivit jusqu'à son extrémité. Quand elle se divisa et s'effila en minces rameaux, il en distingua une plus élastique et plus feuillue, se pelotonna sur ses jarrets, et, dans un mouvement souple et vertigineux, s'élança, s'enroulant en spirale dans les feuilles qui le revêtirent de leur mante sombre pour ne plus former avec lui qu'une boule de ténèbre se balançant

dans la nuit au gré du vent et que rien ne distin-
guait du feuillage environnant.

Mais à travers des ajourements de feuilles
comme par des persiennes étroites de verdure, il
regardait de tous ses yeux et écoutait de toutes ses
oreilles pour tâcher de démêler dans cette grande
rumeur inconnue les bruits menaçants.

IV

D'abord il resta là sans voir et sans entendre;
puis, ses yeux s'étant faits peu à peu à l'obscurité,
il aperçut dans un massif voisin, dénoncée par un
craquement de branche sèche, la noctambule sinistre suivant les branches et fouillant l'arbre pour
tâcher de le découvrir.

Lentement, patiemment car elle savait bien que
son gibier n'irait pas loin, elle flairait les rameaux,
les feuilles, cherchant la piste de Guerriot, tenace,
affamée, furieuse de son échec.

Elle passait comme une ombre souple, se montrait, disparaissait, puis revenait encore et l'écu-

reuil voyait sur des écrans de ciel gris le profil
farouche de sa gueule entr'ouverte, où saillaient
des dents.

Viendrait-elle à son chêne ? Découvrirait-elle sa
cachette ?

Guerriot, pétrifié d'horreur, la suivait des yeux.
Un à un, la marte visita tous les arbres d'alentour,
s'arrêtant plus longuement à ceux qu'il avait suivis,
puis, enfin, arriva au gros chêne.

Agile, elle l'escalada, le cou tendu, l'échine cin-
trée, glissant comme une nodosité vivante des
branches.

Soigneusement elle parcourut les rameaux infé-
rieurs, puis monta un peu ; elle était maintenant
juste à deux pieds au-dessous de lui !

Elle renifla plus fort, elle tenait la piste !

Montant plus haut, elle atteignit la branche de
Guerriot, marchant plus doux, humant plus longuement, certaine que son gibier avait passé par là.

Lui, médusé, ne bougeait pas ; il savait sa cachette bonne et sa ruse à l'épreuve ; mais si l'odeur
des feuilles ne dominait pas son fret, si les narines
de Mustelle ne la trompaient point, si la bête allait
se détendre, dents et griffes dardées !

Aïe ! il étouffa un cri entre ses mâchoires ! Il ne soufflait plus !

La branche s'amenuisait fléchissante : Mustelle reniflait plus fort. Elle s'arrêta, le dos arqué !...

Allait-elle s'élancer ?

Mustelle se retourna, dégringola en le griffant le fût du chêne, et, sans perdre de temps, grimpa dans l'arbre voisin pour retrouver sa piste, qu'elle croyait coupée par le vide.

Elle arriva à la hauteur de Guerriot, s'avança le plus loin possible, flaira longuement et ne sentit rien.

Surprise, elle s'arrêta, puis reprit le vent, sembla réfléchir et, redescendant à terre, revint droit au chêne de l'écureuil, sûre de la retraite du fugitif.

Une terreur plus folle envahit Guerriot ! Cette fois, elle ne quitterait pas son arbre avant de l'avoir déniché.

La nuit et le silence brassés par le vent semblaient plus profonds.

Combien de temps allait s'écouler encore avant le retour du soleil ? Le pépiement des pinsons, premiers annonciateurs de la lumière, dénonçait à peine au taillis des lisières le jour encore lointain.

Trois coups d'un marteau d'airain passèrent en rafale qui s'évanouit aussitôt sans inquiéter la bête.

La marte reprenait sa traque assassine parmi le dédale des branches ; les hiboux et les chouettes, attirés par son manège, ululaient et miaulaient aux alentours ; deux renards en bas reniflaient.

Il y avait des ennemis, des assassins partout, dans l'arbre, dans l'air, sur la terre. De quelque côté qu'il se tournât maintenant, la fuite semblait impossible.

Et roulé dans son berceau de feuilles, immobile comme un cadavre, les muscles crispés, Guerriot suivait d'un regard fou les évolutions de tous ces êtres qui voulaient sa mort, fasciné des gestes de Mustelle, des cercles des oiseaux de nuit, du manège ténébreux des renards.

Les heures se traînaient ; Guerriot n'entendait pas les pinsons.

Mustelle s'approchait, s'éloignait, revenait, rivée à son coin.

Dans un saut d'une branche à une autre, elle le frôla et il faillit se découvrir et crier, mais un instinct tout puissant, une crampe effrayante le clouaient muet à son refuge.

Les bêtes malfaisantes, plus inquiètes et plus fiévreuses, le cernaient toujours et Guerriot ne s'apercevait pas que c'était le jour venant qui les affolait.

Les oiseaux nocturnes, un à un, dénouèrent leurs cercles, les goupils disparurent avec le chant des merles, et il n'eut plus d'yeux que pour Mustelle, affamée et féroce, qui le cherchait rageusement.

Mais des sauts de compagnons matineux s'élançant par leurs chemins verts à grands cris joyeux retentirent ; le grand chœur du matin chanta dans tous les coins et, quand l'océan de flamme du soleil levant submergea enfin les faîtes de son écume dorée, vaincue elle aussi par la lumière, Mustelle s'enfonça, le ventre vide et la gueule haineuse, dans les profondeurs sombres qui menaient à son îlot de pins.

Et sitôt qu'il l'eut vue disparaître au loin, Guerriot, reposé tout d'un coup, joyeux, saluant d'une pirouette vertigineuse le bon soleil son sauveur, repartit, insoucieux et infatigable, à sa moisson de noisettes et de faînes.

16

TABLE

ACHEVÉ D'IMPRIMER

le huit mai mil neuf cent onze

PAR

BLAIS & ROY

A POITIERS

pour le

MERCVRE

DE

FRANCE

Texte détérioté,
Marge(s) coupée(s)

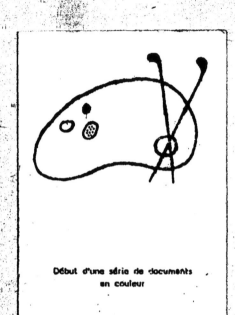

Début d'une série de documents
en couleur

VALABLE POUR TOUT OU PARTIE DU
DOCUMENT REPRODUIT

EXTRAIT DU CATALOGUE
DES ÉDITIONS DU MERCVRE DE FRANCE

Collection de Romans

Claire Albane
L'Amour tout simple..... 3.50

Anonyme
Correct d'amour d'une Religieuse............. 3.50

Aurel
Les Jeux de la Flamme.... 3.50

Marcel Batilliat
La Beauté............... 3.50
Chair mystique............ 3.50
Joie................... 3.50
La Vendée-aux-Genêts.... 3.50
Versailles-aux-Fantômes... 3.50
Maurice Beaubourg
..... ou pas Dieu........ 3.50
La rue Amoureuse........ 3.50

Aloysius Bertrand
Gaspard de la Nuit........ 3.50

Alla Berzeff
Cobark................ 3.50

Léon Bloy
La Femme pauvre........ 3.50

R.-Gaston Charles
La Danseuse nue et la Dame à la Licorne......... 3.50

Judith Cladel
Confessions d'une Âme... 3.50

Mrs W.-K. Clifford
Lettres d'amour d'une Femme du monde.......... 3.50

Joseph Conrad
Le Nègre du « Narcisse ».. 3.50

J.-A. Coulangheon
Béguin de 60........... 3.50
Inversion sentimentale... 3.50
Les Jeux de la Préfecture.. 3.50

Gaston Danville
L'Amour Magicien........ 3.50
Contes d'Au-delà........ 6 »
Le Parfum de volupté.... 3.50
Les Reflets du Miroir..... 3.50

Jacques Daurelle
Troisième Héloïse....... 3.50

Albert Delacour
Évangile de Jacques Cément.............. 3.50
L'Âme rouge........... 3.50
Roy.................. 3.50

Louis Delattre
L'Or de Péché......... 3.5

Grazia Deledda
.... 3.50

Charles Demange
Le Livre de Désir...... 2 »

Eugène Demolder
.... 9 »
Le Jardinier de la Pompadour............ 3.50
La Route de la Reine de 3.50
.... 3.50

Charles Dereuues
L'Amour béni.......... 3.50
La Peuple du Pôle...... 3.50

Dostoïevski
Carnet d'un Inconnu..... 3.50
Le Double........... 3.50

Édouard Ducoté
Aventures............. 3.50

Édouard Dujardin
L'Initiation au Péché et à l'Amour............ 3.50
Les Lauriers sont coupés... 3.50

Louis Dumur
Le Centenaire de Jean-Jacques.............. 3.50
Un Coco de génie....... 3.50
Pauline ou la liberté de l'amour............ 3.50
Les trois demoiselles du père Maire........... 3.50

Georges Eekhoud
L'Autre Vue........... 3.50
Le Cycle patibulaire..... 3.50
Escal-Vigor.......... 3.00
La Faneuse d'amour..... 3.00
Mes Communions....... 3.50

Albert Erlande
Jolie Perdante........ 3.50
Le Paradis des Vierges sages.............. 3.50

Laurent Evrard
Le Danger.......... 3.50
Une Leçon de Vie...... 3.50

Gabriel Faure
La Dernière Journée de Sappho............ 3.50

André Fontainas
L'Indécis........... 3.50
L'Ornement de la Solitude... 2 »

André Gide
L'Immoraliste........ 3.50
Les Nourritures Terrestres.. 3.50
La Porte étroite...... 3.50
Le Prométhée mal enchaîné.. 2 »
Le Voyage d'Urien, suivi de Paludes.......... 3.50

A. Gilbert de Voisins
La Petite Angoisse..... 3.50
Otako et Biloba
Le Voluptueux Voyage ou 3.50

Maxime Gorki
L'Angoisse.......... 3.50
L'Arrivée du la Tempête... 3.50
Les Déchus......... 3.50
Les Vagabonds...... 3.50
Varenka Olessov..... 3.50

Jean de Gourmont
La Toison d'Or...... 3.50

Remy de Gourmont
Les Chevaux de Diomède.. 3.50
Un Cœur virginal...... 3.50
Couleurs........... 3.50
Une Nuit au Luxembourg.. 3.50
D'un Pays lointain..... 3.50
Le Pèlerin du Silence.... 3.50
Sixtine........... 3.50
Le Songe d'une femme... 3.50

Thomas Hardy
Barbara............ 3.50

Frank Harris
Montès le Matador..... 3.50

Lafcadio Hearn
Feuilles éparses...... 3.50
Kwaïdan........... 3.50

A.-Ferdinand Herold
L'Abbaye de Sainte-Aphrodise........... 2 »
Les Contes du Vampire... 3.50

Maurice Hewlett
Amours charmantes et cruelles........... 3.50

Charles-Henry Hirsch
La Possession....... 3.50
La Vierge aux tulipes.... 3.50

Edmond Jaloux
L'Agonie de l'Amour..... 3.50
L'École des Mariages..... 3.50
Le Jeune Homme au Masque.. 3.50
Les Sangsues....... 3.50

Francis Jammes
Almaïde d'Étremont..... 2 »
Pensée des Jardins.... 2 »
Pomme d'Anis...... 2 »
Le Roman du lièvre..... 3.50

Alfred Jarry
Les Jours et les Nuits.... 3.50

Lucien Jean
Parmi les Hommes..... 3.50

Albert Juhelié
La Crise virile....... 3.00

Gustave Kahn
Le Conte de l'Or et du Silence............ 3.50

Rudyard Kipling
Les Bâtisseurs de Ponts... 3.50
Le Chat Maltais..... 3.50
L'Histoire des Gadsby.... 3.50
L'Homme qui voulut être roi.. 3.50
Kim............ 3.50
Le Livre de la Jungle... 3.50
Le Second Livre de la Jungle............ 3.50
La plus belle Histoire du monde.......... 7.50
Le Retour d'Harvey..... 3.50
Stalky et Cie....... 3.50
Sur le Mur de la ville.... 3.50

Hubert Krains
Amours rustiques..... 3.50
Le Pain noir....... 3.50

Poésie

Histoire — Critique — Littérature

— 5 —

Paul Laland
Dante Romantique...... 3.50
Laclos
Lettres inédites........ 3.50
Jules Laforgue
Mélanges posthumes. Por-
trait de l'auteur par Théo
van Rysselberghe....... 3.50
Wanda Landowska
Musique ancienne........ 3.50
Pierre Lasserre
Romantisme français (in-8) 7.50
Romantisme français
(in-18)................ 3.50
Marius-Ary Leblond
Contes de Mela.......... 3.50
G. Le Cardonnel et Ch. Vellay
La littérature contemporai-
ne (1905)............. 3.50
Edmond Lepelletier
Paul Verlaine, sa Vie, son
Œuvre............... 3.50
Emile Zola, sa Vie, son Œu-
vre................. 3.50
Loyson-Bridet
Mœurs des Diurnales. Trai-
té de journalisme...... 3.50
Emile Magne
L'Esthétique des Villes.... 3.50
Madame de Châtillon..... 3.50
Madame de la Suze...... 3.50
Madame de Villedieu..... 3.50
Le Plaisant Abbé de Bois-
robert............... 3.50
Scarron et son milieu.... 3.50
Henri Malo
Les Corsaires.......... 3.50
René Martineau
Tristan Corbière........ 3 »
Ferdinand de Martino
Anthologie de l'amour arabe 3.50
Henri Massis
La Pensée de Maurice Barrès 0.75
Masson Forestier
Autour d'un Racine ignoré. 7.50
Camille Mauclair
Jules Laforgue......... 2.50
Edouard Maynial
Casanova et son temps.... 3.50
La Vie et l'Œuvre de Guy
de Maupassant......... 3.50
Henri Mazel
Ce qu'il faut lire dans sa vie. 3.50
Jean Mélia
Les Idées de Stendhal..... 3.50
La Vie amoureuse de Sten-
dhal................. 3.50
George Meredith
Essai sur la Comédie..... 2 »
Adrien Mithouard
Le Tourment de l'Unité... 3.50
Albert Mockel
Un Héros: Stéphane Mallar-
mé................. 1 »
Emile Verhaeren........ 2 »
Pages de Littérature..... 3 »

Jean Moréas
Réflexions et Souvenirs..., 3.50
Variations sur la Vie et les
Livres............... 3.50
Eugène Morel
Bibliothèques, 2 vol. in-8.. 15 »
Charles Morice
Eugène Carrière........ 3.50
Jacques Morland
Enquête sur l'influence al-
lemande.............. 3.50
Alfred de Musset
Correspondance........ 3.50
Les plus belles pages d'Al-
fred de Musset........ 3.50
Lettres d'amour à Aimée
d'Alton.............. 3.50
Œuvres complémentaires. 3.50
Gérard de Nerval
Les plus belles pages de Gé-
rard de Nerval........ 3.50
Léon Paschal
Esthétique nouvelle fondée
sur la psychologie du génie 7.50
Péladan
Les Idées et les Formes.... 3.50
Réfutation esthétique de Tai-
ne................. 4 »
Hubert Pernot
Anthologie populaire de la
Grèce moderne........ 3.50
Edmond Pilon
Francis Jammes et le Senti-
ment de la Nature..... 0.75
Muses et Bourgeoises de
jadis............... 3.50
Portraits tendres et pathé-
tiques.............. 3.50
Camille Piton
Paris sous Louis XV...... 3.50
Paris sous Louis XV (II).. 3.50
Paris sous Louis XV (III).. 3.50
Henri de Régnier
Figures et Caractères..... 3.50
Sujets et Paysages....... 3.50
Rétif de la Bretonne
Les plus belles pages de Ré-
tif de la Bretonne...... 3.50
Cardinal de Retz
Les plus belles pages du
Cardinal de Retz....... 3.50
Arthur Rimbaud
Lettres de Jean-Arthur Rim-
baud............... 3.50
William Ritter
Etudes d'Art étranger.... 3.50
Rivarol
Les plus belles pages de Ri-
varol.............. 3.50
E. de Rougemont
Villiers de l'Isle-Adam.... 3.50
John Ruskin
La Bible d'Amiens....... 3.50
Sésame et les Lys....... 3.50
Jules Sageret
Les Grands Convertis...... 3.50
Saint-Amant
Les plus belles pages de
Saint-Amant.......... 3 »

Saint-Evremond
Les plus belles pages de
Saint-Evremond....... 3.50
Saint-Simon
Les plus belles pages de
Saint-Simon.......... 3.50
Sainte-Beuve
Lettres inédites à M. et
Mme Juste Olivier...... 3.50
Marcel Schwob
Spicilège............ 3.50
Léon Séché
Alfred de Musset. I. L'Hom-
me et l'Œuvre, les Cama-
rades; II. Les Femmes,
2 vol............. 7 »
Le Cénacle de la Muse Fran-
çaise.............. 3.50
Delphine Gay.......... 3.50
Hortense Allart de Méritens
(in-8).............. 3.50
La Jeunesse dorée sous
Louis-Philippe........ 3.50
Lamartine (1816-1830).... 3.50
Madame d'Arbouville...... 3.50
Sainte-Beuve, I. Son Esprit,
ses Idées; II. Ses Mœurs,
2 vol.............. 3.50
**Alphonse Séché et
Jules Bertaut**
L'Evolution du Théâtre con-
temporain........... 3.50
Robert de Souza
La Poésie populaire et le
Lyrisme sentimental.... 3.50
Stendhal
Les plus belles pages de
Stendhal........... 3.50
Casimir Stryienski
Soirées du Stendhal-Club.. 3.50
**Casimir Stryienski
et Paul Arbelet**
Soirées du Stendhal-Club
(2e série).......... 3.50
Tallemant des Réaux
Les plus belles pages de
Tallemant des Réaux... 3.50
Archag Tchobanian
Les Trouvères arméniens.. 3.50
Tei-San
Notes sur l'Art japonais: La
Peinture et la Gravure.. 3.50
Notes sur l'Art japonais: La
Sculpture et la Ciselure.. 3.50
Adolphe Thalasso
Anthologie de l'Amour asia-
tique............. 3.50
Le Théâtre Libre....... 3.50
Théophile
Les plus belles pages de
Théophile........... 3 »
Tolstoï
Vie et Œuvre, Mémoires,
3 vol............. 10.50
Tristan L'Hermite
Les plus belles pages de
Tristan L'Hermite......

Jules Troubat
Sainte-Beuve et Champfleury 3,50
La Salle à manger de Sainte-Beuve... 3,50
Octave Uzanne
Parisiennes de ce temps... 3,50
A. Van Gennep
La Question d'Homère.... 0,75

E. Vigié-Lecocq
La Poésie contemporaine 1884-1896... 3,50
Léonard de Vinci
Textes choisis... 3,50
Jean Violis
Charles Guérin... 2 »

Oscar Wilde
De Profundis, précédé de Lettres écrites...
et suivi de la Ballade de Gêole de Reading...
Stefan Zweig
Émile Verhaeren, son Œuvre...

Théâtre

Aurel
Pour en finir avec l'Amant. 3,50
Henry Bataille
Ton sang, précédé de la Lépreuse... 3,50
Paul Claudel
L'Arbre... 3,50
Marcel Collière
Les Syracusaines... 1 »
Édouard Dujardin
Antonia... 3,50
André Gide
Saül. Le Roi Candaule.... 3,50
Maxime Gorki
Dans les Bas-Fonds... 3,50
Les Petits Bourgeois... 3,50
Remy de Gourmont
Lilith, suivi de Théodat.... 3,50
Fernand Gregh
Prélude féerique... 1 »
Gerhart Hauptmann
La Cloche engloutie... 3,50
A.-Ferdinand Herold
Andromaque... 1 »
L'Anneau de Çakuntalâ... 3,50
Les Hérétiques... 1 »

Maisonneuve... 2 »
Sâvitri... 1 »
Les Sept contre Thèbes... 1 »
Une jeune femme bien gardée 1 »
Virgile Josz et Louis Dumur
Rembrandt... 3,50
Jean Lorrain et A.-Ferdinand Herold
Prométhée... 1 »
Charles Van Lerberghe
Les Flaireurs... 1 »
Pan... 3,50
Emerich Madách
La Tragédie de l'Homme... 3,50
F.-T. Marinetti
Le Roi Bombance... 3,50
Jean Moréas
Iphigénie, tragédie en 5 actes... 3,50
Alfred Mortier
La Logique du Doute... 1 »
Marius vaincu... 3,50
Lucien Nepoty
Le Premier Glaive... 1 »
Péladan
Œdipe et le Sphinx... 1 »
Sémiramis... 1 »

René Puaux
La Tragédie de la...
Georges...
Les Cuirs de Bœuf...
Rachilde
Théâtre...
Paul...
L'Abbé Prout...
Henri de Régnier
Les Scrupules de Sganarelle... 3,50
Saint-Pol-Roux
La Dame à la faulx... 3,50
Albert...
Polyphème, 2 actes...
Paul...
Le Dieu nouveau... en 3 actes...
Phyllis, tragédie en...
Émile Verhaeren
Deux Drames... 3,50
Philippe II... 3,50

Philosophie — Science — Sociologie

Edmond Barthélemy
Thomas Carlyle... 3,50
Georges Bohn
Alfred Giard et son Œuvre... 0,75
H.-B. Brewster
L'Âme païenne... 3,50
Thomas Carlyle
Essais choisis de Critique et de Morale... 3,50
Nouveaux Essais choisis de Critique et de Morale... 3,50
Pamphlets du Dernier Jour. 3,50
Sartor Resartus... 3,50
Frédéric Charpin
La Question religieuse... 3,50
Christian Cornélissen
Le Salaire, ses formes, ses lois... 0,75
Gaston Danville
Magnétisme et Spiritisme... 0,75
J.-A. Delauve
...ginités génératrices
...lte du Phallus)... 3,50
Jules de Gaultier
...nisme... 3,50

La Dépendance de la Morale et l'Indépendance des Mœurs... 3,50
La Fiction universelle... 3,50
De Kant à Nietzsche... 3,50
Nietzsche et la Réforme philosophique... 3,50
Les Raisons de l'Idéalisme... 3,50
Remy de Gourmont
Physique de l'amour. Essai sur l'instinct sexuel... 3,50
Promenades Philosophiques... 3,50
Promenades Philosophiques 2e série... 3,50
Promenades philosophiques, 3e série... 3,50
Havelock Ellis
La Pudeur. La Périodicité sexuelle. L'Auto-érotisme 5 »
L'Inversion sexuelle... 6 »
Helvétius
Les plus belles pages d'Helvétius... 3,50
P.-G. La Chesnais
La Révolution russe et ses résultats... 0,75

Pierre...
Les Idées de Nietzsche sur la Musique...
La Morale de...
Dr Gustave Le Bon
La Naissance et l'évanouissement de la Matière...
Perceval...
Mars et ses Canaux...
Maurice Maeterlinck
Le Trésor des Humbles... 3,50
Georges...
L'Intelligence et le...
D. Mérejkovski
Le Tsar et la Révolution... 3,50
Stanislas Meunier
Les Harmonies de l'évolution terrestre... 0,75
Multatuli
Pages choisies... 3,50
Frédéric Nietzsche
Ainsi parlait Zarathoustra... 3,50
Aurore... 3,50
Considérations inactuelles...

MERCVRE DE FRANCE

26, RVE DE CONDÉ. — PARIS

Vingt-deuxième année

Paraît le 1er et le 16 de chaque mois

Le *Mercure de France* occupe dans la presse du monde entier une place unique : il est établi sur un plan très différent de ce qu'on a coutume d'appeler une revue, et cependant plus que tout autre périodique il est la chose que signifie ce mot. Alors que les autres publications ne sont, à proprement dire, que des recueils peu variés et d'une utilité contestable, puisque tout ce qu'elles impriment paraît le lendemain en volumes, il garde une inappréciable valeur documentaire, car les deux tiers au moins des matières qu'on y voit ne seront jamais réimprimées. Et comme il est attentif à tout ce qui se passe, à l'étranger aussi bien qu'en France, dans presque tous les domaines, et qu'aucun événement de quelque importance ne lui échappe, il présente un caractère encyclopédique du plus haut intérêt. Il fait en outre une large place aux œuvres d'imagination. D'ailleurs, pour juger de son abondance et de sa diversité, il suffit de parcourir quelques-uns de ses sommaires et la liste des chroniques de sa « Revue de la Quinzaine » (Voy. la couverture du présent volume).

La liberté d'esprit du *Mercure de France*, qui ne demande à ses rédacteurs que du savoir et du talent, est trop connue pour que nous y insistions :

Il n'est peut-être pas négligeable de signaler qu'il est celui des grands périodiques français qui coûte le moins cher.

Nous envoyons gratuitement à toute personne qui nous en fait la demande un spécimen du *Mercure de France*.

TABLES DV MERCVRE DE FRANCE

L'abondance et l'universalité des documents recueillis et des sujets traités dans le *Mercure de France* font de nos Tables un instrument de recherches incomparable, et dont l'utilité s'exerce au delà de leur but direct; outre les investigations rapides qu'elles permettent dans les textes mêmes de la revue, elles conduisent immédiatement à un grand nombre d'indications de dates, de lieux, de noms de personnes, de titres d'ouvrages, de faits et d'événements de toutes sortes, au moyen desquelles, si la revue est dans tel cas insuffisante ou incomplète, il devient facile de s'orienter et de se renseigner dans les écrits contemporains, en France ou à l'étranger.

Ces tables se divisent en trois parties : *Table par noms d'auteurs des Articles publiés dans la Revue, Table systématique des Matières, Table des principaux Noms cités.* On a placé en tête de ces trois tables une *Table de concordance entre les années, les tomes, les mois, les numéros et la pagination.*

PRIX DES TABLES

Tables des tomes I à XX (1890-1896), 1 vol. in-8 de VIII-88 pages.... 3 fr.
Tables des tomes XXI à LII (1897-1904), 1 vol. in-8 de VIII-168 pages.. 5 fr.

Poitiers. — Imp. Blais et Roy, 7 rue Victor-Hugo.

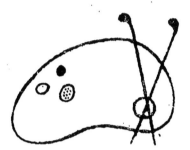

Fin d'une série de documents
en couleur

Imprimé en France
FROC011045301019
22558FR00004B/24/P